AF458209

CADET BUTEUX CHEZ LA MÈRE RADIS.

N'vous Gênez pas, n'vous gênez pas,
Non chez moi, Corbleu n'vous gênez pas.

LE CHANSONNIER DE LA MÈRE RADIS,

ou

les Goguettes de la Villette et des Faubourgs,

Rédigé Par C. M.

l'un des Secrétaires intimes de

CADET BUTEUX.

BIBLIOTHEQUE ROYALE

Chez moi je vois tout Paris volant,
A bon Vin, point d'enseigne.

A PARIS,

CHEZ { *LOCARD et DAVI, Libraires, Rue de Seine, St. Gn. No. 54.*
DARNE, Libraire, Quai des Orfèvres, No. 18.

1816.

LES GOGUETTES
DE LAVILLETTE
ET DES FAUBOURGS.

23304

CADET-BUTEUX

CHEZ LA MÈRE RADIS.

AIR : *Vive une femme de tête.*

LE DIMANCH', moi qu'en détache,
Augmentant l' nombr' des badauds,
Puis-j' t' y, comme une ganache,
M' prom'ner, les mains derrièr' l' dos?
L'OPÉRA, qui perd sa gloire,
Sans GOSS'LIN m' caus'rait d' l'ennui;
Les FRANÇAIS sont à la foire,
Et donn'nt RELACHE aujourd'hui.
Du VAUD'VILL', je l' dis sans gêne,
Ma foi, je n' suis plus coiffé,
D'puis qu'il n' me SERT sur la scène
Que du BOUILLI... RÉCHAUFFÉ.

Chaqu' soir BRUNET lèv', sans crainte,
Sur la BÊTISE, un impôt
Qu' sans décret et sans CONTRAINTE,
Paris acquitte au plutôt.
Sur ce point chacun s'accorde,
La PANTOMIM' ne dit rien,
L' MILODRAM' qui sent la corde
Prend les SAUTEURS pour soutien.
JACQU'S DE FALAIS', qui se flatte
D' la fair' gober à Paris,
Aval'rait même la CHATTE,
Qu'il n' m'attrap'rait pas d' SOURIS.
L'OPÉRA-COMIQU', j' préjuge,
N' fait rien d'puis qu'il tomb' tant d'eau;
Peut-on, quand on craint l' déluge,
Aller au THIATR' FEYDEAU?
J' crois que l' Ciel veut fair' banqu'route,
On n' vit jamais temps pareil;
Mais notr' MUSÉUM S'ENCROUTE
Encor plus que le SOLEIL.

AIR : *Toujours seule, disait Nina.*

Irai-j' t' y m'étendr' comme un veau,
Sur les bancs du VAU-
D'VILLE?

A tout' forc', moi, j' veux du nouveau,
Et j' déserte la ville.
Alors, j' m'entends chanter sur l' champ,
Par plus d'un buveur trébuchant,
Me recherchant,
Et m' raccrochant :
« As-tu vu LA MÈR' RADIS,
» Dis? »

AIR : *La bonne aventure.*

« Veux-tu boire du vin pur
» A la grand' mesure?
» Gn'y a qu' chez ell', CADET, c'est SUR...
» — Amis, je vous l' jure,
» Par vot' nouvelle, morgué,
» Vous rendriez un mort gai;
» La bonne aventure,
» O gué,
» La bonne aventure! »

AIR : *Ah! que je sens d'impatience.*

Allons, faut qu' MAM' BUTEUX excuse
Un mouv'ment d' curiosité,
J' N'AI QUE L' DIMANCH', FAUT QUE J' M'AMUSE
Un p'tit peu pus qu'à la GAITÉ.

Les Fiacr's sont à la file,
Et plus d'un époux Gile
Sera, par sa moitié,
Fait d'amitié.
A Lavillette court la ville ;
Et l'honnête négociant,
Qu' sa femm' trouv' sciant,
Et trop nonchalant,
Est laissé z'en plan,
Tandis qu' son galant,
Avec ell' roulant,
Faisant le lutin,
Dans un sapin,
En jaune peint,
Enfile (*bis*)
La Porte Saint-Martin.

Air : *Que le Sultan Saladin.*

Moi qui, devant un canon,
D' ma vi' n'ai jamais dit non,
Pour lamper l' vin qu'on m' propose,
En rout' je fais pus d'un' pause ;
J'aval' du Surèn', c'est bien,
Très-bien,
Fort bien,
Cela ne me blesse en rien,

J' gard' LA MÈR' RADIS, qui me touche,
POUR LA BONN' BOUCHE.

AIR : *Fille, avant le mariage.*

Au CANAL ma troupe arrive,
Et comme gn'y a pas d' GARDE-FOUS,
Une ivresse par trop vive
Faillit nous y plonger tous.
Je dis : Ce n'est pas la peine
(C' que c'est qu' d'avoir l'esprit d' vin !)
D' tomber dans c' liquid' domaine ;
Car, pour mettr' d' l'eau dans notr' vin,
HALTE-LA ! (*bis*)
LA MÈRE RADIS EST LA.

AIR *de Marianne.*

Voilà qu' gaiment je m'achemine
A ce CABARET de bon goût ;
La cour, la grange et la cuisine,
En vérité, c'EST SALL' partout.
Là, maint' beauté,
Qu'y a ribotté,
A son amant
Pousse un HOQUET charmant ;
Plus loin, l'ivrogne,
A rouge trogne,

Roul' sur sa femme, en tombant
Sous un banc.
Grâce à la paix, dans cette orgie,
L' militair' dev'nu citadin,
Au lieu de sang, voit de bon vin
La terre enfin rougie.

AIR : *Tant que l'on boira, larirette.*

Au milieu d' bouteill's éparses,
Moi, j'entonne, en franc gaillard :
Allons, amis, FONS NOS FARCES,
FONS FAIRE UNE OM'LETTE AU LARD.
Tant qu'on le pourra,
Larirette,
A LAVILLETTE,
On s'en donn'ra ;
Tant que l'on ira,
L'on y rira,
Chantera,
Trinquera,
En goguette ;
Tant qu'on y mang'ra
D' mon OM'LETTE,
J' dis que l' lard ira,
LARIRA.

AIR *de la Sentinelle.*

Elle apparaît la Reine des buveurs,
Un jupon court laiss' voir sa jamb' mignonne,
Du gros BACCHUS elle emprunt' les couleurs,
Et la démarch' d' l'agaçante ERIGONE.
D' ses rivaux, n' craignant point d'affront,
T'nant des deux mains BROC ET CANELLE,
Ell' soutient la gloir' de son nom,
Et, ne perdant jamais l'à-plomb,
Près d' ses tonneaux, fait SENTINELLE.

AIR : *Bonjour, mon ami Vincent.*

L's autr's marchands n'ont pas un chat,
De mond' MAM' RADIS regorge,
Ils voudraient qu'on l'écorchât,
Mais à leux barbe elle s' rengorge.
Aux homm's comme aux femm's, par la foul' pressés,
Lassés, harassés, poussés, repoussés,
« Amis, dit-elle, à pleine gorge,
» Entrez en ces lieux, prendre vos ébats,
» Ne vous gênez pas, ne vous gênez pas.
» Non, chez moi, corbleu, ne vous gênez pas.

AIR : *Rendez-moi mon écuelle de bois.*

» En dépit de l'ERMITE malin,
» Qu' l' diable emporte à LA GUYANE,

» Mon vaste cabaret reste plein,
» Et j' me ris d' sa chicane.
» Malgré quelque méchant
» Marchand,
» Dont le cœur, de chagrin en saigne,
» Chez moi, je vois tout PARIS VOLANT,
» A BON VIN POINT D'ENSEIGNE. »

AIR *du Ballet des Pierrots.*

Bientôt c't' héroïn', qui chevauche,
Se fait jour dans son cabaret,
En distribuant à droite, à gauche,
Du vin, d's injures, et maint soufflet.
Ell' me voit, sa colèr' succombe;
(Amour, c' sont là d' tes tours malins!)
Ell' veut m' frapper, son bras retombe,
Et sa cruche y échappe des mains.

AIR *du petit Courrier.*

Sur moi r'levant ses gros yeux bleux,
J'entends c'te perle des bacchantes
M' dir' : « Pour qu'à l'a'venir tu m' fréquentes,
J' veux que tu sois AU COMBLE... d' tes vœux.
» Comm' tout' ma maison est remplie,
» Pour t' rendr' l'appétit plus ouvert,
» Et t' mettre à l'abri de la pluie,
» Sur l' toît j'vais dresser ton couvert. »

AIR *du vaudeville d'Arlequin Cruello.*

Me soul'vant par mon catogan,
Ell' m'enlève du groupe,
Et m' dit : « Tu me vas comme un gant,
» Viens partager ma soupe. »
— Tu veux que j' laiss' là ces lurons,
Mes vieux amis des Porcherons....
— « Gn'y a qu' çà qui t'inquiète,
» Près d' moi ces messieurs perd'nt leurs pas,
» J' t'invite seul à mon repas,
» Sans EUX (*bis*) nous mangerons l'OM'LETTE. »

AIR : *Vers le temple de l'hymen.*

A table, sur le grenier
Où je me trouve au pinacle,
J' vois un bachique spectacle
Qu'un peintr' pourrait égayer :
L'z uns boivent, à défaut de verre,
Du vin, dans un pot à bierre,
Et les autres, ventre à terre,
Dorment comme des sabots;
La misère est leur compagne,
Mais lorsqu'un doux song' les gagne
Du bon pays de Cocagne
Ils s' croient les enfans rougeots.

Air : *Tout çà marche.*

Les sens tout ragaillardis,
Je mang', pour prendre des forces,
Des rav's, près d' la Mèr' Radis
Qui m' fait d'amoureus's amorces.
Têt' de veau, lapin d' goutière,
Om'lett', pieds d' cochon tentans,
Salade et gâteaux d' Nanterre,
Tout ça passe (*ter*) en même temps.

Air : *Chantez, dansez, amusez-vous.*

« — Mèr' Radis, tu n'as qu'un garçon,
» Ton mari cruell'ment t' néglige;
» On aime à voir plus d'un bouton
» De la rose embellir la tige;
» Ah! j' voudrais qu'il me fût permis
» D' soigner la couche de radis! »

Air : *Une fille est un oiseau.*

Alors, c' malin Cupidon
Qu' l'aspect de Radis allèche,
Dans un broc trempant sa flèche,
En perc' le cœur d' ma dondon
Qui m' dit : « Pour qu' ton gosier s' lave
» Du meilleur vin de m'a cave,
» Dans un' bonn' feuillett', mon brave,

» Viens t' en mettr' le ROBINET. »
J'y obéis, et dans l'ivresse,
Tout en enfonçant la pièce,
J' tombe avec ell' dans l' BAQUET.

AIR : *Un chanoine de l'Auxerrois.*

L'PÈR' RADIS nous cherchant par-tout
Descend dans la cave, à pas d' loup,
Armé d'un' de ses broches;
Il m' trouv', près d' son objet divin,
Dans l'BAQUET d'vin,
Prenant un bain,
Et faisant mes bamboches;
Il veut m' pourfendr', mais, en deux temps,
J' vous l'empoigne, et je l' plong' dedans,
En chantant : « Bon,
» Que ton vin est bon!
» Faut en boire
» A ma gloire. »

AIR : *Réveillez-vous, belle endormie.*

— « PÈR' RADIS, faut pas qu' tu te R'BIFFES,
» Et qu' tu prétend's me fair' la loi,
» N' boug' pas d' là, j' te flanquerais des GIFFES,
» J' mang'rais quatre RADIS comme toi. »

Air *du vaudeville de Fanchon la Vielleuse.*

Radis roug' de colère,
Dit : « Si j' prends ma rapière,
» J' t'envoie en paradis. »
— Dans l' baquet, tu barbottes,
Mon vieux, tu n' sais pas c' que tu dis ;
Va, je n' crains pas les bottes,
Les bottes de Radis.

Air *du Pot de fleurs.*

V'là que, sans cornette et sans guimpe,
Ma princesse, chère aux badauds,
Sans que j' l'en pri', sur moi grimpe,
Et je dis que j'en ai plein l' dos.
Cadot chant' sa galanterie,
Aubert célèbr' mon air courtois,
Et nous remontons sur les toits
Au son des orgu's de barbarie.

Air : *Quand on va boire à l'écu.*

Ma Femme à peine respirant,
A la guinguette
Me surprend
En goguette ;
Ma femme à peine respirant,

Vient, en courant,
Jurant
Et massacrant.
— « Quoi! malgré nos nœuds ourdis
» Par les amours rebondis,
» T' os', barbare, aussitôt, dis,
» Dans son taudis,
» Courtiser la RADIS.
» Toi, l' modèl' des maris décens,
» A la Courtille
» Reviens voir ta famille;
» Allons, au nom d' l'hymen, descends
» T' jeter, mon drille,
» Dans mes bras caressans. »

AIR : *Sur l' port avec Manon, un jour.*

MAM' RADIS entr' dans un courroux
Qui l'i fait enfler son COU ROUX,
(Aisément cela se peut croire)
Jamais TYRAN DES BOULEVARDS
N'a éu les yeux si hagards;
Montrant le poing,
Ell' m' dit qu'all' n' monte point,
Ou j' l'i cass' la gueule et la mâchoire.

Air : *Aux soins que je prends de ma gloire.*

Voyant que d' descendre j' n'ai garde,
Ma femm' grimpe sans tortiller ;
Ell' m' jette au né l' pot à moutarde,
J'vous la coiffe avec l' saladier.
On s' prend aux cheveux, l'affair' s'enmêle,
Et comme j'étions tous les trois sous,
Homm', femm's, bouteilles, tout tomb' pêl'-mêle,
Et j' nous trouvons sens d'ssus dessous.

Air *du vaudeville final des Maris ont tort.*

Après cette lourde bascule
Qui révolutionna l' cabaret,
Je me dis : Cadet, dissimule,
Et fais voir que t' as du jarret.
J' laiss' mes deux femm's qu' la rag' dévore,
Se r'battre à coups de poings pressés,
J' m'esbign' sur-l'-champ, et j' cours encore
Pour n' pas payer les pots cassés.

Ecrit sous la dictée de Cadet-Buteux,
par C*** M***.,
l'un de ses secrétaires intimes.

VOILA L' COCO!

AIR : *Çà n' se peut pas.*

Du grand Thomas l' marchand d' tisanne
J' vous trac'rai l' portrait-z-en deux mots;
Tout du long des quais il s'pavane
Avec un' grand'fontaine sur l'dos;
Il a l'œil fier, la voix tranchante,
Et comme il craint l'incognito,
Du matin jusqu'au soir y chante;
Voilà l' coco, voilà l' coco.

Y rencontre un soir Nicodême
Qu'y n'avait point vu d'puis six mois;
Nicodême est un s'gond lui-même,
Y ne s' quittions point autrefois.
Quoi! c'est lui (dit d'un ton sublime,
Thomas, f'sant retentir l'écho)!
On l' disait mort, c'était zun' frime;
Voilà l' coco, voilà l'coco.

— Bonjour, Thomas. — Bonjour, compère.
Hében, quoi qu' tu m' diras d' nouveau?
— Mon ami, tu connais, j'espère,
Nanett', la fill' du porteux d'eau;

D' mes bras un autre amant l'arrache,
Quand j' croyais l'épouser tout d' go?
— Qui donc? — Tu connais ben z'Eustache?
Voilà l' coco, voilà l' coco.

D' ma Nanett' que j' croyais malade
J' voyais t'augmenter l'embonpoint;
Je m' mets un soir z'en embuscade,
J' guette à sa porte, et j' n'en bouge point.
J' veux savoir qu'est-c' qui fait d' ma belle
D'puis queuqu' mois enfler le caraco;
J' vois mon rival entrer chez elle,
Voilà l' coco, voilà l' coco.

J' cours cheux l' papa, j' l'amèn' ben vite:
L'chien d'Eustache avait déniché.
Nanett' pleure; all' fait l'hypocrite;
V'là contre moi son ch' pèr' fâché.
Tandis qu' l'un gémit, qu' l'autre gronde,
Qu'on m' dit qu' j'ai fait un quiproquo,
Z'un p'tit paroissien vient z'au monde;
Voilà l' coco, voilà l' coco.

C'est ainsi qu'a fini l'histoire,
De t' la conter j'avais besoin;
Pour l'oublier faut z'aller boire
Z'un canon sur l' compoir du coin.

Je n'vois pas d' bouchon dans l'empire
Qui fass' pus cher payer l'écot;
Mais son vin blanc ça, j'ose le dire,
Voilà l' coco, voilà l'coco.

Mon ami j'suis d'une drôle d'étoffe,
Z'au cabaret je m' sens ben fort;
Comm' pus d'un fameux philosophe
Quand j'ai bu je n' crains pas la mort.
Tiens, si c'te vieill' qu'on nomm' la Parque
S'en v'nait m' rafler, là subito,
Verre en main, j' chant'rais dans sa barque
Voilà l' coco, voilà l' coco.

ÇA VOUS VA-T-I BEN? ÇA N' VOUS BLESS'-T-I PAS?

Air : *Bonjour, mon ami Vincent.*

Amis, il est un refrain,
Qu'à chanter tout l' monde s'accorde,
Et qu' déjà pus d'un crin-crin
A fait ronfler sur sa corde.
Prom'nez-vous, boul'vart Saint-Martin,
A la halle aux cuirs, au quartier d'Antin,

Sur la place de la Concorde,
Et vous entendrez chanter à chaqu' pas :
Çà vous va-t-i ben? (*bis*)
Çà vous va-t-i ben, çà n' vous bless'-t-i pas?

Pierrot s'est fait financier,
Et chang' d'habit et d' chaussure;
L' sabot fait place au soulier,
L' frac remplac' la veste d' bure.
Quand ils vienn'nt requinquer l' seigneur,
Faut voir l' cordonnier, faut voir le tailleur,
Riant sous cape de sa tournure,
D'mander à Pierrot, d'un air d'embarras :
Çà vous, etc.

Rose, en dépit d' son époux,
A ses amours, n' met pus d' bornes,
L' cher homme en porte, entre nous,
Une d'pus que les licornes.
Comm' je ris, quand j' vois l' chapellier,
Sur l' front du mari, d'un air minaudier,
Plaçant l' fin castor, à trois cornes,
En vous l'enfonçant, l'y chanter tout bas :
Çà vous, etc.

A c' matin, deux fournisseurs,
Qu'avaient un' ben bonn' mémoire,

D'vant un tas de spectateurs,
S' traitaient!... faut l' voir pour y croire;
L'un disait : Toi, t'est un voleur;
L'autr' : t'est un fripon, t'est un escroqueur;
Pendant tout c' tems-là, l'auditoire
S' contentait d' chanter, en s' croisant les bras :
Çà vous, etc.

A l'Institut, qu' j'aime à voir
L' dernier v'nu louer chaqu' confrère!
C'EST des prodiges d' savoir!
C'EST des Corneill', des Molière!
En r'mercimens chacun se confond!...
Puis, au nouveau v'nu l' président répond :
Si j' suis Boileau, t'est un Voltaire.
Et l' public malin fredonne tout bas :
Çà vous, etc.

A la noce d' Janneton,
Après qu'elle eut fait bombance,
Ell' voulut tâter, dit-on,
D'un p'tit bout... de contredanse...
D'un coup-d'œil elle allum' Cadet;
Mon homme se r'dresse, et tend le jarret!...
Avec sa femme, il entre en danse,
En ayant le soin d' l'y dire à chaqu' pas :
Çà vous, etc.

C'te nuit, pour prendre un calmant;
J' cours chez mon apothicaire;
On m' dit qu'il est pour l' moment,
Occupé sur le derrière.
Je grimpe à son appartement,
Je l' vois ag'nouillé bien tranquillement;
J'aurais cru qu'il f'sait sa prière,
S'il n'avait sur-l'-champ marmotté tout bas :
Çà vous, etc.

Comblé de biens et d'honneur,
Mais s' plaignant d' n'en avoir guère,
Hier mourut un sénateur,
Qui n'avait pus rien à faire.
Ses amis disaient: queu malheur!
Ses pauvres parens disaient: queu bonheur!
L' menuisier, qui clouait sa bière,
Pour tout LIBERA l'y chantoit tout bas :
Çà vous va-t-i ben? (*bis.*)
Çà vous va-t-i ben, çà n' vous bless'-t-i pas?

V'LA QU'EST DIT... ET V'LA QU'EST FAIT,

OU L'AMOUREUX EXPÉDITIF.

AIR : *Ton amour est, Catherine.*

UN matin qu' c'était dimanche,
J' vis Fanchon passant l' Pont-Neuf;
Sa robe était presque blanche,
Et mon habit presque neuf;
J' m'approche et j' l'i dis : « Mam'selle !
» J' crois qu' mon bras s'rait ben vot' fait. »
— V'LA QU'EST DIT ! . . . que m' fit la belle,
Et moi j' l'i dis : V'LA QU'EST FAIT.

J' détalons vers LA GRAND' PINTE ;
Jarni comm' Fanchon courait !
J' vois eun' boutiqu' fraîch'ment peinte,
Je r'connais z'un cabaret ;
« Entrons-là ! . . . dis-j' ma p'tit' mère,
» L' vin du canton z'est parfait. »
— V'LA QU'EST DIT ! . . . m' fit la commère,
Et moi, j' l'i dis : V'LA QU'EST FAIT.

J' fais v'nir un litre et deux verres,
Z'à Fanchon ça plaît beaucoup;
Ses yeux dev'nont moins sévères,
Chaqu' fois qu' j'y r'passe un p'tit coup :
« Un baiser, dis-j', ma mignonne,
» Rendrait Jirôm' satisfait!
— V'LA QU'EST DIT! . . . m' fit la friponne,
Et moi j' dis : Poq! . . . V'LA QU'EST FAIT.

J' guettais z'eun' faveur nouvelle
V'là qu'un faraud vient z'à nous;
Et que c' maudit JEAN D' NIVELLE
Z'à Fanchon fait les yeux doux!
« Hain! . . . que j' dis au tendron qu' j'aime,
» D'eun' taloch' si l'on l' coiffait? »
— V'LA QU'EST DIT!... m' fit-ell', tout d' même,
Moi, j' l'i dis : Pan! V'LA QU'EST FAIT!

L' FARAUD se r'dresse et s'emporte;
Je l' régal' d'un coup d' souyer;
Comme j' n'allais pas d' main morte,
Ça l' fiche au bas d' l' escayer.
Puis, j' dis à Fanchon : « Ma pt'ite,
« Décampons! d' peur du PRÉFET. »
— V'LA QU'EST DIT!... m' fit-ell' ben vite;
Moi, j' dis : Dar! dar!... V'LA QU'EST FAIT.

Je r'mèn' Fanchon dans son gîte,
Là j' l'i dis : « Z'objet charmant!
» Voyez l'ardeur qui m'agite,
» Zet soulagez mon tourment!
» Drès d' main, foi d'amant fidèle,
» J' vous épous'rai... tout-à-fait.
—V'LA QU'EST DIT!... m'fit la d'moiselle;
Moi, j'dis : Madam', V'LA QU'EST FAIT.

Ainsi finit l'aventure
Dont z'avec un peu d'esprit,
Tout bon luron doit conclure
Qu' faut mettr' le temps à profit!
Les biaux discours, les fleurettes,
Font souvent z'un triste effet;
Z'AU V'LA QU'EST DIT des fillettes
N' répondez qu'un V'LA QU'EST FAIT.

MONSIEUR ET MADAME PEPIN,

OU

LA PROMENADE A ROMAINVILLE.

DIALOGUE.

AIR : *Ne crois plus à mon trépas.*

M. PÉPIN, *à son épouse.*

D'HONNEUR, madame Pépin,
Vous êtes contrariante.

MADAME PÉPIN.

Un rien vous impatiente,
Et vous rend l'esprit chagrin.

M. PÉPIN.

Sans blesser les convenances,
J'ai pour vous des prévenances,
Tant de soins, de complaisances....

MADAME PÉPIN.

Me sont dus, le fait est clair!

M. PÉPIN.

Je suis bon époux, bon père,

MADAME PÉPIN.

Trop indolent, pour me plaire,
Il faut toujours être en l'air.

M. PÉPIN, *piqué.*

Ingrate, est-ce bien à moi
Qu'un tel reproche s'adresse?

MADAME PÉPIN.

Vous méritiez ma tendresse,
Quand vous reçûtes ma foi.
Je maudis un esclavage,
Dont rien ne me dédommage;
Des affaires...., du ménage,
Vous me laissez l'embarras.
Mais à parler sans mystère,
Mon ami, je ferai faire
Ce que vous ne faites pas.

M. PÉPIN, *radouci.*

Finissez de vains discours,
Comme moi, soyez docile;
Et venez à ROMAINVILLE
Tendre objet de mes amours.

MADAME PÉPIN.

A vous suivre je suis prête.

(*regardant son époux.*)

Mais, monsieur, votre toilette?

M. PÉPIN.

Vous la trouvez imparfaite ?
Changeons pour vous contenter.
(*Il s'ajuste.*)
Suis-je mieux ?

MADAME PÉPIN.

Oui, je vous jure.

M. PÉPIN, *se regardant au miroir.*

On rira de la coîffure
Que vous me faites porter.

MADAME PÉPIN.

Mamour, prenez ce melon,
Ce pain et cette bouteille.

M. PÉPIN.

Mon ange, c'est à merveille.

MADAME PÉPIN.

Ah! j'oubliais le dindon!

M. PÉPIN, *embarrassé.*

Ce mets sortant de la broche,
Ne peut entrer dans ma poche.

MADAME PÉPIN.

Toujours quelque chose cloche,
Si j en'y porte la main.

M. PÉPIN.

Mon embarras est extrême;
Mais enfoncez-le vous même,
Il disparaîtra soudain.

MADAME PÉPIN.

Grand Dieu! que vous êtes long!

M. PÉPIN.

La résistance m'irrite.

MADAME PÉPIN.

La poche est donc trop petite?

M. PÉPIN.

Oui, corbleu! je touche au fond.

MADAME PÉPIN, *tendrement.*

Ah! mon chou, je perds la carte,
Seule il faudra que je parte,
Mais, Pépin, si je m'écarte,
Vous allez dormir céans.

M. PÉPIN.

Attendez, ma toute aimable:
N'est-il pas plus agréable
De partir en même temps.

(*Ils sortent.*)

(Ici, le tonnerre gronde, le temps s'obscurcit, les éclairs brillent, la foudre éclate.)

M. PÉPIN.

Dieu! si nous continuons,
Vous allez être inondée :
Il va tomber une ondée...

MADAME PÉPIN, *à demi-voix.*

Ne craignez rien; poursuivons.

M. PÉPIN, *harassé.*

Non vraiment, je me retire;
Car il faut que je respire,
Rentrons, et venez me lire
Un ROMAN pour m'endormir.

MADAME PÉPIN, *tendrement.*

Ah! vous perdez la mémoire.
J'ai sur moi certaine histoire
Que vous allez parcourir.

(Les Epoux s'embrassent, et rentrent chez eux.)

LA VENDANGE.

Air : *Non, rien ne m'échappe.*
ou : *de Paris à cinq heures du matin.*

Aux feux de l'aurore
La grappe se dore,
Mûrit, se colore,
Invite au larcin;
Allons, qu'on se range,
Courons en vendange,
Chanter la louange
Du Dieu du raisin.

Que sur sa tonne,
Grégoire entonne :
« Vive l'automne,
« Et son jus charmant! »
Dans nos charrettes,
Que les fillettes
Et les feuillettes
Voyagent gaîment!

L'amante s'éveille,
Et court sous la treille,

Remplir sa corbeille
Près d'un gai luron;
Dieux! qu'elle est jolie!
Bacchus, la Folie,
Barbouillent de lie
Son pudique front!

Cupidon guette
La bergerette,
D'une serpette,
Il se forge un dard,
Puis il l'attrape,
La fait sous cape
Mordre à la grappe,
Qu'il tient à l'écart.

Versant sur la terre
Des flots de lumière,
Le soleil altère
Nos gros jouvenceaux;
On boit, on travaille,
Et mainte futaille
Sent gonfler sa taille,
Sous ses vieux cerceaux.

Femme gentille,
Dont l'œil pétille,

Près d'un bon drille,
Accourt travailler ;
L'époux sévère,
Qu'on ne craint guère,
Ne vient derrière,
Que pour grapiller.

Dans la tonne vide
La hotte se vide ;
Le buveur avide
Saisit le FOULOIR ;
Brillant d'allégresse,
Il écrase, il presse
Ce fruit que caresse
Son œil plein d'espoir.

Selon l'usage,
Après l'ouvrage,
Tout le village
Court sous le berceau.
Près de la mousse,
L'appétit pousse,
Et sous le pouce,
On mange un morceau.

Une chansonnette,
Franche et guillerette,

En chœur se répète,
Et vous met en train;
Le cœur est en danse,
On saute en cadence,
Et l'on se balance
Au son du crin-crin.

Mais le jour baisse,
Le travail cesse,
Avec ivresse,
On rentre au hameau;
Les vendangeuses,
Vives, joyeuses,
Plus amoureuses,
Sautent sous l'ormeau.

La cuve bouillonne,
Bacchus, sur sa tonne,
De pampre, couronne
Le gai vendangeur.
Des buveurs en groupe,
Armés d'une coupe,
Versent à la troupe,
La rouge liqueur.

Tandis qu'on joue,
Et qu'on s'enroue,

J'entends la roue
Du pressoir crier.
Des fruits qu'on foule,
Devant la foule,
Le vin découle,
Pour nous égayer.

Quel vin agréable !
Quel jus délectable !
Mes amis, à table,
Courons nous asseoir ;
Sans craindre la goutte,
Allons qu'on le goûte,
Et qu'aucune goutte
Ne reste au pressoir.

Dieux ! quel délire
Le vin inspire !
Quel joyeux rire !
Quels éclats de voix !
D'humeur plus vive,
Chaque convive
Séduit, captive
Un joli minois.

Quelle aimable orgie !
La mère arrondie,

La fille étourdie,
Tombent, verre en main;
L'époux perd sa belle,
On roule, on se mêle,
Tout dort pèle-mèle,
Jusqu'au lendemain.

MADAME GRÉGOIRE.

AIR : *C'est le gros Thomas.*

C'ÉTAIT de mon temps
Que brillait madame Grégoire;
J'allais à vingt ans,
Dans son cabaret, rire et boire;
Elle attirait les gens,
Par des airs engageans;
Plus d'un brun, à large poitrine,
Avait là, crédit sur sa mine.
Ah! comme on entrait
Boire à son cabaret!

D'un certain époux,
Bien qu'elle pleurât la mémoire,
Personne de nous
N'avait connu défunt Grégoire;

Mais à le remplacer,
Qui n'eût voulu penser ?
Heureux l'écot, où la commère
Apportait sa pinte et son verre !
Ah! comme on entrait, etc.

Je crois voir encor
Son gros rire aller jusqu'aux larmes,
Et, sous sa croix d'or,
L'ampleur de ses pudiques charmes.
Sur tous ses agrémens,
Consultez ses amans ;
Au comptoir, la sensible brune
Leur rendait deux pièces pour une.
Ah! comme on entrait, etc.

Des buveurs grivois,
Les femmes lui cherchaient querelle ;
Que j'ai vu de fois
Des galans se battre pour elle !
La garde et les amours
Se chamaillaient toujours.
Elle, en femme des plus capables,
Dans son lit cachait les coupables.
Ah! comme on entrait, etc.

Quand ce fut mon tour
D'être en tout, le maître chez elle,
C'était, chaque jour,
Pour mes amis, fête nouvelle.
Je ne suis point jaloux;
Nous nous arrangions tous.
L'hôtesse, poussant à la vente,
Nous livrait jusqu'à sa servante.
Ah! comme on entrait, etc.

Tout est bien changé!
N'ayant plus rien à mettre en perce,
Elle prit congé,
Et des plaisirs et du commerce.
Que je regrette, hélas!
Sa cave, et ses appas!
Long-temps encor chaque pratique
S'écriera devant la boutique :
Ah! comme on entrait
Boire à son cabaret!

ROULE TA BOSSE,

OU

CONSEILS A UN BOSSU.

AIR : *Bon voyage cher Dumollet.*

ROUL' ta bosse,
Petit luron,
Et ris toujours, à pied comme en carrosse ;
Roul' ta bosse,
Petit luron,
Sois toujours gai, toujours franc, toujours rond.

Petit bossu, retiens bien c' que ton père
Chantait souvent, en t'berçant dans ses bras :
« Veux-tu, mon fils, avoir un sort prospère,
» Veux-tu d'venir bien portant et bien gras,
» Roul' ta bosse, etc. »

Te plaindr' du sort serait une folie,
Ta boss' n'est pas un si triste cadeau ;
Pourquoi t'fâcher? dans cette courte vie,
Chacun de nous n'a-t-il pas son fardeau.
Roul' ta bosse, etc.

En fait d'esprit, qu' n'as-tu celui d'Esope,
Qu'on admirait à la ville, à la Cour,
T'en revendrais, sous ta burlesque env'loppe,
A pus d'un nain qui s' croit l'géant du jour.
Roul' ta bosse, etc.

Pour être heureux, jamais dans ta carrière,
Ne prêt's l'oreille aux cancans des badauds,
Ne dis point d' mal des autres par derrière,
Tes quolibets te r'tomb'raient sur le dos.
Roul' ta bosse, etc.

De tes amis soulage la détresse,
A les servir en tout temps soit dispos;
Si tu parviens au faîte d'la richesse,
Devant les p'tits ne fais pas le gros dos.
Roul' ta bosse, etc.

N'te maries point, tu n' s'rais pas à la noce,
Pour toi l'hymen serait un lien fatal,
Tu sentirais chaque jour une bosse
Qui s'élev'rait sur ton front conjugal.
Roul' ta bosse, etc.

Si tu t'maries, prends pour épous' fidèle,
Un' jeun' bossue, au minois agaçant,
Vous f'rez ensemble un p'tit polichinelle,
Qui, comme toi, chantera z'en naissant :
Roul'ta bosse, etc.

Rencontres-tu z'une jeune bergère,
A l'œil fripon, au nez toujours au vent,
Pour la toucher, dis : « J' suis bossu derrière,
» Mais, vous l'voyez, je suis droit par devant. »
Roul' ta bosse, etc.

Quand tu vas voir queuq' farce de Molière,
Tu t'amus's mieux qu'un banquier ben cossu;
Et j'entends dire aux log's comme au parterre :
» J'ai ri, ce soir, j'ai ri comme un bossu. »
Roul' ta bosse, etc.

T'est un luron qui n'boude point à table,
Tu mang's de tout sans jamais hésiter;
Lorsqu'on te sert un repas délectable,
Tu t' fais au ventre un' boss' qui peut compter.
Roul' ta bosse, etc.

S'il s'allumait une nouvelle guerre,
Sois d' ton pays l'appui le plus fervent,
Qu' jamais l'enn'mi n' t'envisage par derrière,
Un bon Français s' montr' toujours par devant.
Roul' ta bosse,
Petit luron,
Et ris toujours, à pied comme en carrosse;
Roul' ta bosse,
Petit luron,
Sois toujours gai, toujours franc, toujours rond.

QUESTIONS ET AVEUX
D'UNE INGÉNUE,
AVANT ET APRÈS SON MARIAGE.

DIALOGUE.

AIR : *Comme faisaient nos pères.*

LUCETTE (la veille de ses noces).

Demain tarde bien à venir,
Je suis impatiente ;
Dans mon âme brûlante,
Chaque instant éveille un désir.
Que dois-je faire?

SA MÈRE.

C'est un mystère !

LUCETTE.

Pourquoi le taire?

SA MÈRE.

Tu l'apprendras, ma chère.
Le mari que nous choisissons,

D'amour nous donne des leçons;
Tendres leçons, où nous le surpassons.
Je fus bonne écolière;
Tu feras, je l'espère,
Tout comme a fait (*bis*) ta mère.

LUCETTE.

Maman, je voudrais pourtant bien
Etre moins ignorante;
Puisque l'hymen me tente,
A quoi m'oblige ce lien?

SA MÈRE.

Demain, Lucette,
Tendre et discrette,
Après la fête
Que le plaisir apprête,
Lorsque ton époux, tendrement,
Voudra hâter le dénouement
D'un jour, toujours et pénible et charmant,
Sois timide et sévère,
Puis jette un cri... pour faire
Tout comme a fait (*bis*) ta mère.

LUCETTE.

Eh! pourquoi ce cri, ces façons?
Maman, je suis docile;
Mais il est difficile
De mettre à profit vos leçons.

Je ne soupire,
Je ne respire
Que pour m'instruire,
Appaiser mon martyre;
En formant le nœud conjugal,
Tout refus me serait fatal.

SA MÈRE.

Non, ce refus deviendra le signal
D'une amoureuse guerre.

LUCETTE (transportée.)

Vraiment, je vais donc faire
Tout comme a fait (*bis*) ma mère.

LUCETTE (8 jours après son mariage.)

A tous vos conseils, à vos goûts,
Pliant mon caractère,
Je pleure et fais la fière,
Chaque nuit près de mon époux.
Et plus j'hésite,
Plus il s'irrite;
Son cœur s'agite,
Le mien brûle et palpite.
Bientôt il me prend dans ses bras,
Je me fâche, il ne m'entend pas;

Hélas! hélas!
Je me plains; mais tout bas,
D'un jeu qui sait me plaire....

SA MÈRE (avec feu.)

Fort bien, tu fais, ma chère,
Tout comme a fait (*bis*) ta mère.

LUCETTE (après trois mois de ménage.)

Maman, trois mois à peine ont fui
Depuis notre hyménée,
Je suis abandonnée;
Le plaisir fait place à l'ennui.
Plus d'allégresse!
D'heureuse ivresse!
Le charme cesse!....
Pour prouver sa tendresse,
Jadis, cinq ou six fois par jour,
Allain ravi, parlait d'amour;
Affreux destin!
Je l'interroge en vain
Une semaine entière,
Un mois!

SA MÈRE.

Allain veut faire
Tout comme a fait (*bis*) ton père.

MONSIEUR RÉJOUI,

OU

ON N'EST PAS PLUS HEUREUX QU'ÇA

AIR : *Eh ! ma mère, est-c' que j' sais çà ?*

D'PUIS trente ans, ma destinée
Est exempte d'embarras,
Je n' fais rien d'la matinée,
L' rest' du temps, j' me crois' les bras;
J' n'eus jamais d'amour constante,
Mon étoil' m'en dispensa,
J' ris, j 'bois, j' dors, j' mange et j' chante;
On n'est pas plus heureux qu'çà.

Suivant la commune règle,
Lorsqu'on m' mit dans une pension,
J' pris tout d' suite en franc espiègle,
Les versions en aversion,
Et j' sus si ben me conduire
Qu' mon professeur me chassa
Avant que j'apprisse à lire;
On n'est pas plus heureux qu'çà.

J'avais acquis l' privilége
De m' fair' jouer aux Français,
Et, quoiqu' sortant du collége,
Ma pièce eut un fier succès;
La chose est vraiment exacte,
Aucun bruit n' la traversa,
Qu'à la fin du cinquième acte;
On n'est pas plus heureux qu'çà.

Chargé de mon héritage,
Un oncle fort obligeant,
Ayant calculé mon âge,
Partit avec mon argent;
Mais j' fus loin de l' prendre en haine,
Car enfin il me laissa
De quoi vivre... une semaine...
On n'est pas plus heureux qu'çà.

J' tombe amoureux d'un' jeunesse,
Soudain l' mariage s'en suit,
Et d' notre vive tendresse
J' brûlais d'obtenir un fruit;
Mais bientôt d' ma ménagère
L'embonpoint se prononça,
En moins de six mois... j' fus père;
On n'est pas plus heureux qu'çà.

Un incendie effroyable
Chez moi vint à s' déclarer,
Mais un voisin secourable
M'aida pour m'en retirer;
Par la porte d' mon allée,
Tout mon mobilier passa ,
Et j'n'eus qu' ma femme de brûlée;
On n'est pas plus heureux qu' çà.

Du haut en bas d'une cave,
Que je visitais souvent ,
J' fis un jour un' chût' si grave,
Qu'on m' crut mort dans l' même instant;
Mais moi qui suis très-ingambe ,
J' vis ben, lorsqu'on m' ramassa,
Qu' je n' m'étais cassé qu'un' jambe;
On n'est pas plus heureux qu' çà.

Un tendre ami d' mon enfance
M' fit conduire à l'hôpital,
Là j' croyais en conscience ,
N' voir jamais finir mon mal;
Mais un docteur de mérite ,
Qu'un d' mes neveux m'adressa ,
M'expédia tout de suite;
On n'est pas plus heureux qu' çà.

ON N'EST PAS PLUS NIGAUD QU'ÇA.

RONDE VILLAGEOISE.

AIR : *Eh! ma mère, est-c' que j'sais çà?*

Au hameau, d' la jeun' Hortense,
Colin d'vint fort amoureux ;
Timid' il gardait l' silence,
La friponn' lut dans ses yeux.
Avec adresse, avec grâce,
Tendrement elle l'agaça ;
Et l' jeun' homm' fut sans audace,
On n'est pas plus nigaud qu' çà.

L' soupirant, à la bergère,
Voulut ravir un baiser,
Mais ell' prit un air sévère,
Qui disait pourtant d'oser.
Ben loin d' deviner la ruse,
L' villageois s'embarrassa,
Resta court, fit mainte excuse.
On n'est pas plus nigaud qu' çà.

Hortense, un soir, sur l'herbette,
Folâtrant avec Colin,
Laissa tomber sa coll'rette,
Pour provoquer un larcin.

L' berger, par un excès de zèle,
Aussitôt la ramassa,
Et r'couvrit le sein d' la belle.
On n'est pas plus nigaud qu' çà.

Une autre fois, la coquette,
Dans l' bois feignit d'sommeiller,
L' pâtre, en voyant la fillette,
S' garda bien d' la réveiller.
Lorsqu'elle rouvrit la paupière,
Crac, sans bruit il s'éclipsa,
Craignant d' gêner la bergère.
On n'est pas plus nigaud qu' çà.

Quoiqu'ell' eût plein' connaissance,
Un évanouissement
Fit exprès tomber Hortense,
Dans les bras de c' pauvre amant.
Colin avait un' chaumière,
Et c' pendant il s'empressa
D' porter Hortens' chez sa mère.
On n'est pas plus nigaud qu' çà.

RONDE BACHIQUE.

AIR : *Amusez-vous, trémoussez-vous.*

QUAND nous voyons jeune fillette,
Résister toujours
A nos tendres amours;
Amis, pour passer d'heureux jours,
Rions, buvons,
Et répétons
Le joyeux refrain
D'une petite chansonnette;
Vive le bon vin,
Qui nous fait narguer le chagrin!

Le joueur doit à la roulette,
La perte de l'or,
Qui formait son trésor;
Il s'accuse, il maudit le sort.
Il est pour nous
Des jeux plus doux;
Un tendre larcin
Du vrai bonheur est la recette;
L'amour, le bon vin
Dissipent le plus noir chagrin.

La jeune prude, la coquette,
Par mille détours,
Nous abusent toujours.
Loin de croire à leurs vains discours,
Pour les punir,
Sachons les fuir;
Buvons, courtisons
Une gentille bergerette;
L'amour, le bon vin,
Nous feront narguer le chagrin.

L'avare, auprès de sa cassette,
Veille constamment,
Et toujours en tremblant.
Le métal qu'il compte souvent
Devient pour lui,
Source d'ennui
Je suis sans argent,
Et j'ai pourtant
Plus d'une dette;
Mais l'amour, le vin,
Eloignent de moi le chagrin.

Quand ce nectar tourne ma tête,
Des Dieux et des Rois,
Que m'importent les lois!

Mon maître est le vin que je bois.
Versons, trinquons,
Et répétons :
Vive le bon vin !
Vive un buveur que rien n'arrête !
Dans ce jus divin,
Mes amis, noyons le chagrin.

LE PETIT GARGANTUA.

AIR : *Eh ! ma mère, est-c' que j'sais çà ?*

PESTE soit de la bégueule,
Et du sage prétendu,
Qui veut de l'ART DE LA GUEULE,
Faire un plaisir défendu !
Au meilleur avis à suivre,
Que l'on vienne se ranger.
Ces gens-là mangent pour vivre,
Je ne vis que pour manger !

Vénus n'est point ma déesse,
Comus seule a mon encens,
Et la table est la maîtresse
Qui sait captiver mes sens !

Mieux que toi, romancier fade,
Dont l'esprit fait suffoquer,
Je puis dire, sans bravade,
Que ma belle est à croquer.

L'argent sert, quoiqu'on en dise,
Soyons-en bien convaincus;
Que serait la gourmandise,
Si nous n'avions pas d'écus?
Dans un seul cas, sans rancune,
(De Momus, joyeux suppôt,)
Je méprise la fortune,
C'est la fortune du pot.

Que la langue ne démange
Que d'un nouvel appétit!
On ne sent pas ce qu'on mange,
Quand un bavard étourdit.
Crions à l'homme futile,
Qui s'apprête à babiller :
L'esprit est un imbécille,
L'estomac seul doit briller.

Un bon vivant, je le pense,
Ne peut, et ne doit jamais
Penser qu'à panser sa panse,
Son étude est dans ses mets.

Dans le grand art de bien vivre,
Pour tenter d'heureux essais,
Je ne possède qu'un livre,
C'est le CUISINIER FRANÇAIS.

ENVOI A MA BEDAINE.

Toi, qui fus toujours le centre
De mes goûts et de mes vœux,
Mon idole, mon cher ventre,
Voici tout ce que je veux :
« Puisqu'il faut que tout finisse,
» Puissé-je un jour te GAVER,
» Si bien, qu'au dernier service,
» L'excès nous fasse crever. »

LES EMBARRAS D'UN SERGENT-MAJOR DE LA GARDE NATIONALE.

AIR : *Vive une femme de tête.*

AH ! grands Dieux ! qu'on a de peine,
Quand on est sergent-major?
Dites-moi, mon capitaine,
Si j'y puis tenir encor?

Aujourd'hui, c'est la tenue . . .
Que l'on vient de décréter,
Et qu'il faut pour la revue,
Faire au plutôt adopter.
Demain, c'est un nouveau rôle ;
Il me faut absolument
Dresser un autre contrôle,
Et faire un recensement.

Assembler la compagnie,
Faire prendre les bonnets,
Puis fournir à la mairie
Un renfort de vingt bisets.
Mais bientôt, chacun réclame,
C'est bien une autre chanson;
L'un m'écrit : « Major, ma femme
» Vient d'accoucher d'un garçon,
» Puis-je quitter ma compagne?
» Non... Commandez mon voisin. »
Le voisin, pour la campagne,
Dit : Je pars demain matin.

Quittant vîte ma demeure,
Je vole chez l'horloger ;
Mais, bonsoir, il n'est plus l'heure,
Il vient de déménager.

Je vais, rempli d'espérance,
Croyant sortir d'embarras,
Trouver le maître de danse,
Il ne peut pas faire un pas.
Chez le tourneur, je hasarde
D'envoyer notre tambour;
Voyant un billet de garde,
Il dit : ce n'est pas mon tour.

La garde, au potier de terre,
Paraissant un dur impôt,
Sans cesse, pour ne rien faire,
Monsieur tourne autour du pot.
Quoique cela me chagrine,
Je dois vous le signaler :
Souvent il prend médecine,
Mais c'est pour me faire aller.
Moi, qui suis des plus ingambes,
Entendant à chaque pas :
J'ai mal aux reins, mal aux jambes;
Cela me casse les bras.

Puis, le commis qui préfère
Une garde à son bureau,
Et qui veut toujours se faire
Commander pour le château.

Puis, cette jeune coquette,
Belle comme les Amours,
Qui, l'autre soir, en cachette.
Vint implorer mon secours.
Un mari, sans complaisance,
Avec elle agit fort mal;
Il sait qu'elle aime la danse,
Et veut la priver d'un bal.

D'un air tendre, elle me prie,
Me demandant le secret,
D'envoyer, pour la mairie,
A son époux un billet.
Cette occasion est belle,
Et si je veux, on verra
Un jaloux en sentinelle,
Et sa femme à l'opéra.
Moi, je refuse avec peine,
Par la beauté, combattu ;
Pour résister, capitaine,
Il faut toute ma vertu.

AH! QU' C'EST COMMODE!

IMPROMPTU GRIVOIS.

AIR : *Grâce à la mode.*

GRACE à la mode
Que ramèn't nos rois,
J'vivrons sous d' bonn's lois,
Ah ! qu' c'est commode !
J'vivrons sous d' bonn's lois
Comme autrefois.

Grâce à c'te mode
Nos vœux sont remplis ;
Tranquill's dans nos lits,
Ah ! qu' c'est commode !
Nos jours par les lis
S'ront embellis.

Grâce à c'te mode,
Parés de rubans,
Et d' fleurs en turbans,
Ah ! qu' c'est commode !
J' publierons nos bans
Sans craind' les BANS.

Grâce à c'te mode,
Gais et triomphans,
Toujours bien portans,
Ah! qu' c'est commode!
Loin d' tuer les vivans,
J' f'rons des enfans.

Grâce à c'te mode,
Pus d' guerre, pus d' combats,
J' conservrons nos bras,
Ah! qu' c'est commode!
Et nous mourrons gras
L' jour d' not' trépas.

Grâce à c'te mode,
Pour mettre aux abois
Un gentil minois,
Ah! qu' c'est commode!
J' courrons dans les bois,
Sans jamb's de bois.

Grâce à c'te mode,
Et d'après l' bon droit,
L' vin du bon endroit,
Ah! qu' c'est commode!
Entrera tout droit,
Sans payer de droit.

Grâce à c'te mode,
L' buveur, assis sous
Un ombrage doux,
Ah! qu' c'est commode!
S' mettra sens d'ssus d'ssous,
Pour ses six sous.

Grâce à c'te mode,
Le brav' Sans-Quartier,
Maint'nant en quartier,
Ah! qu' c'est commode!
Mang'ra son quartier
Dans son quartier.

Grâce à c'te mode,
J'aurons d' temps en temps
Des r'pas abondans,
Ah! qu' c'est commode
Et nous donn'rons d'dans
D'fameux coups d' dents.

Grâce à c'te mode,
J' prendrons d' bon tabac,
Sans aucun micmac,
Ah! qu' c'est commode!
J' boirons le scubac
Et l' rhum et l' rack.

Grâce à c'te mode,
Tous nos bons lurons
N'craindront pus d'affronts,
Ah! qu' c'est commode!
Et des Porcherons
Sortiront ronds.

Grâce à c'te mode,
Le peupl' comme aut'fois,
Jusques sur les toîts,
Ah! qu' c'est commode!
Chant'ra, viv' d'Artois,
Ce princ' courtois.

Grâce à c'te mode,
Buvons aux Bourbons,
Pour fêter leurs noms,
Ah! qu' c'est commode!
Amis, entonnons
Tous nos canons.

RESPECT AUX CASQUETTES.

CHANSON PASTORALE.

AIR : *Je dois préférer l'aurore.*

AMIS, je ris de la mode,
Je ris du qu'en dira-t-on,
La chose la plus commode,
Est pour moi, du meilleur ton.
Or, aujourd'hui, je répète
Ce que j'ai dit sans retou ,
Je préfère une casquette
A tous les chapeaux du jour. } *Bis.*

On ne voit plus de VICTIME,
Les BAZILE sont hués,
Les MONTGOLFIER sans estime,
Les ROBINSON conspués.
On adopte et l'on rejette
Ces coëffures, tour-à-tour;
Je préfère, etc.

La mode a d'étroites bornes;
Mais celle du plus long cours,
Ce sont les CHAPEAUX A CORNES,
On en portera toujours.

Je leur dois payer ma dette ;
Mais, en attendant mon tour,
Je préfère, etc,

Ne craignez-vous pas nos CLAQUES ?
Vont crier les freluquets.
— Paix ! j'oppose à vos attaques,
Une CASQUETTE A SOUFFLET.
Je veux, bravant l'étiquette,
Qu'à Paris, même à la Cour,
On préfère une casquette
A tous les chapeaux du jour.

LES AMOURS D'UN JEUNE TAMBOUR.

AIR : *J'ons un Curé patriote.*

MON tambour et ma tendresse,
M'ont illustré mille fois ;
Les ennemis, ma maîtresse,
Chantent mes brillans exploits.

Bon soldat, je suis vaillant,
Bon Français, je suis galant.
Rantamplan, rantamplan,
Rantamplan,
Tambour battant. (*Ter.*)

Lorsque je pris du service,
Dans un corps j'entrai gaîment;
Mais une jeune novice
Suivait notre régiment;
Mon cœur, ému vivement,
Battait plus d'un roulement.
Rantamplan, etc.

A la belle vivandière,
J'osai déclarer mes feux,
Plus je la trouvai sévère,
Et plus j'en fus amoureux;
Mais, en guerre, fièrement,
Les Français vont en avant.
Rantamplan, etc.

Un jour, après l'exercice,
La belle sortait du camp,
Je crus le moment propice,
Je la suivis lestement;

Et loin du cantonnement,
J'abordai la jeune enfant.
Rantamplan, etc.

— Ne faites pas la coquette,
Répondez à mon amour ;
Ma brunette, à la baguette,
Vous ménerez un tambour.
A ce discours éloquent,
Rose cède, en rougissant....
Rantamplan, etc.

Pour prouver à ma mignonne,
Que j'avais de grands talents,
En une heure, à la friponne,
Je battis... six roulements.
— Cessons, lui dis-je, un moment.
— Monsieur, c'est honteux vraiment!
Rantamplan, etc.

Quoi! vous battez la retraite,
Quand vous devez battre aux champs;
Peut-on prendre la baguette,
Pour jouer si peu de temps.
Si vous m'aimez tendrement.
Recommencez promptement.
Rantamplan, etc.

Obéir à cette belle,
Pour moi, ce ne fut qu'un jeu ;
Et j'eus de la demoiselle,
Nouveau reproche avant peu.
Elle eût fatigué, vraiment,
Les tambours du régiment.
Rantamplan, etc.

LES AVENTURES
D'UN TROMPETTE,
OU LE MOYEN DE FAIRE SON CHEMIN.

Air : *R'lin-tin tin.*

Pierrot, partant pour la guerre,
Trompette d'un régiment,
Avait appris que, pour faire
Son chemin plus lestement (*bis*),
Il faut, d'une grande dame,
Se faire un appui certain ;
Et Pierrot, au fond de l'âme,
Se disait soir et matin :
Je ferai (*ter*) bien mon chemin.
R'lin tin tin, (*bis*)
Je ferai bien mon chemin.

Le trompette avait à peine
Quitté le foyer natal,
Que, traversant une plaine,
En rêvant sur son cheval, (*b.*)
Il voit une jouvencelle,
Pleurant, le front dans sa main,
« Il faut, dit-il, que c'te belle,
» Pour avoir l'air si chagrin,
» Ait perdu (*t.*) queuqu' chose en ch'min. »
R'lin tin tin, etc.

Près d'elle, bientôt le drille
Lui dit : « Qu'as-tu, mon enfant?
» — J'ai perdu, répond la fille,
» La route du grand couvent. (*b.*)
» — Reste avec moi, ma bergère,
» J' vaux bien un bénédictin;
» A matin's, on est, ma chère,
» J' te promets qu'avant la fin,
» J' te mettrai (*t.*) dans ton chemin.
R'lin tin tin, etc.

» — Monsieur, dit la jouvencelle,
» Vous êtes ben obligeant. »
Et crac, il la met en selle,
Lui derrière, elle devant ! (*b.*)

Pendant que trotte sa bête,
Pierrot gagne du terrain.
« —Mais, monsieur, dit la pauvrette,
» Pourquoi qu' vous baissez la main?
» —C'est que j' prends (*t.*) un aut' chemin
R'lin tin tin, etc.

Le couple voyageur passe
Tout auprès d'un gros pommier.
Pierrot dit : « Ma bête est lasse ;
» Buvons-là l' coup d' l'étrier. » (*b.*)
En deux sauts, sur la fougère,
Fut assis mon aigrefin ;
En trois temps, à la bergère,
Il donna de son brand'vin,
Un p'tit coup (*t.*) sur l'bord du ch'min !
R'lin tin tin, etc.

De deux ou trois coups de suite,
Pierrot, ayant fait raison,
Lui dit : « Mon enfant, j'te quitte,
» Du couvent, v'là la maison. (*b.*)
» Adieu donc, adieu, la belle ;
» A moi, pens'ras-tu demain ?
» — Ah! puis-je oublier, dit-elle,
» L'obligeant et bon humain,

» Qui m' mit (*t.*) dans mon chemin? »
R'lin tin tin, etc.

Pierrot prend, sur sa monture,
La route du régiment,
S' disant : « Dans c't' aventure
» J' m' suis montré joliment; (*b.*)
» Et, puisqu'un' fille de village
» A si ben su m' mettre en train,
» Qu'un' dame de haut parage
» Vienne à m' tomber sous la main !
» J' n' manqu'rai (*t.*) pas d' fair' mon ch'
R'lin tin tin, etc

En trottinant, il arrive
Près de son vieux commandant,
Dont la femme, jeune et vive,
Sourit en le regardant. (*b.*)
« — Sous mes ordres, lui dit-elle,
« Je te place dès demain,
» Car je suis ta colonelle,
» Et je veux, chaque matin,
» Te montrer (*t.*) le bon chemin. »
R'lin tin tin, etc.

Chaque jour, notre trompette,
En brave et joli garçon,

Par une porte secrète,
Allait prendre sa leçon. (*b.*)
Le commandant se présente,
Comme ils étaient en bon train.
« — Corbleu, chez la commandante,
» Que fais-tu là si matin ?
» — Vous l'voyez, (*t.*) je fais mon ch'min. »
R'lin tin tin, etc.

Après trois mois d'exercice,
Le trompette était fourrier ;
Après un an de service,
Il se fit faire officier ; (*b.*)
Et, montrant son épaulette,
Le grivois, d'un air malin,
A chaque nouveau v'nu, répète :
» C'est par l' sexe féminin,
» Que l'on fait (*t.*) le mieux son ch'min. »
R'lin tin tin, (*b.*)
Que l'on fait le mieux son ch'min.

JOCONDE,

OU

LA FILLE SENSIBLE ET MALHEUREUSE.

AIR : *A ma margot, du bas en haut.*

REFRAIN :

En fait d'amans, j'ai du malheur,
J' dois bannir l'amour de mon cœur (*bis*).

A seize ans, j' m' suis dit JOCONDE,
Cherch'-toi z-un amant dans l'grand monde;
J'désert' LA HALLE, un beau matin,
Pour visiter l' quartier d'Antin,
Vainement, (*bis*) j'y fais ma poussière,
La journée entière;
En fait d'amans j'ai du malheur,
J' dois bannir L'AMOUR de mon cœur. (*bis*).

L' soir un CRÉSUS à son goût m' trouve
Et m' peint les transports qu'il éprouve;
Je d'viens sensible à ses soupirs,
J'ai beaucoup d'or.... J'ai peu d' plaisirs;

Et d' l'amour (*b.*) quand le feu vient m'atteindre
C' mosieur n' peut l'éteindre.
En fait d'amans, etc.

Un anglais après lui se présente,
Par cent mill' promess' il me tente,
Et d' ma bonn' foi quel est le prix?
La misèr', l'abandon, l' mépris.
On n'a plus (*b.*), aux bords d' la Tamise,
D' probité, d' franchise.
En fait d'amans, etc.

Pour m' consoler, un militaire,
M' dit que j'ai l' talent de lui plaire;
J' balbutie, il croit aussitôt
Qu'il va prendre mon..... cœur d'assaut;
Mais l' rusé, (*b.*) croyant m' tendre un piége,
N' peut ach'ver le siége.
En fait d'amans, etc.

D'un auteur je fais la conquête,
Ses couplets m' font tourner la tête;
Il est jeune aimable et galant,
Il a d' l'esprit, mais pas d'argent,
Et j' vois bien (*b.*) qu'avec la science
Faut s' nourrir d'espérance....
En fait d'amans, etc.

Un maudit ENFANT D' LA GARONNE,
Brûlant d'amour pour ma personne,
M' promet voitur', bijoux, laquais,
Veut m'installer dans son palais ;
Nous partons, (*b.*) j' suis dans l'ivresse,
    En route il me laisse.
En fait d'amans, etc.

Un ESPAGNOL, fier d' sa noblesse,
Sait mériter tout' ma tendresse ;
Il obtient d' moi quelqu' rendez-vous,
Et d'vient rêveur, bourru, jaloux ;
D' son humeur (*b.*) j' souffrons le martyre ;
    Un MARI n'est pas pire !
En fait d'amans, etc.

RÉ-SOL, amateur de musique,
A domter ma fierté s'applique ;
Il m'enseigne à donner du cor,
C't amusement là m' convient fort.
Plus j'y mets (*b.*) d'adresse et de grâce,
    Plus l' professeur se lasse.
En fait d'amans, etc.

Mais l' sort doit s' lasser de m' poursuivre,
D'un doux espoir déjà j' m'enivre ;

D' changer j' n'ai pourtant pas l' défaut,
J' n' veux qu' trouver l'objet qui me faut;
Quand j' devrais (*bis*) avoir, foi d' JOCONDE,
Tous les homm' du monde.
En fait d'amans j'eus du malheur,
Mais j' vais en choisir un meilleur. (*bis.*)

LES EFFETS DU PRINTEMPS.

AIR : *Tout ça passe, tout ça passe.*

TOUT renaît, tout s'embellit;
Flore étale ses richesses,
Bacchus déjà nous sourit,
Cérès promet ses largesses;
L'amant, la jeune fillette
Que ranime le printemps;
Le rossignol, le poète,
Tout çà chante (*ter.*) en même temps.

Ah! quel spectacle animé,
Que celui de la nature,
Quand le joli mois de mai
Redonne aux champs leur parure!
D'après un antique usage,
Les jardiniers, les amans,

Le fou, le vieillard, le sage,
Tout çà plante (*ter.*) en même temps.

L'Amour, dans le mois de mai,
Ne semble-t-il pas renaître?
On se sent plus enflammé
Dans chaque asyle champêtre:
On repeuple les familles;
Les laboureurs, les mamans,
Les garçons, les jeunes filles,
Tout çà sème (*ter.*) en même temps.

Le jardinier voit fleurir
Les arbres de son parterre;
Le jeune époux voit venir
L'heureux instant d'être père;
Au plaisir on s'abandonne
A la ville, comme aux champs;
Fruits d'amour, fruits de Pomone;
Tout ça pousse (*ter.*) en même temps.

Accourons dans ce bosquet;
L'air parfumé de la rose
Semble nous dire en secret:
« Cueillez la fleur fraîche éclose. »
Ne quittez point votre asyle,
Fillettes, dans le printemps,
Fleurs des champs et fleurs de ville,
Tout se cueille (*ter.*) en même temps.

ÇA N'AVANCE A RIEN.

CHANSONNETTE POISSARDE.

Air : *de Manon Giroux.*

Fi d' ceux qui n'ont pas d' courage,
Vive un travailleur.
Donnez-moi beaucoup d'ouvrage,
Çà n' me f'ra pas peur ;
Quand on veut s' tirer d'affaire,
Et qu'on n'a pas d' bien,
N' faut pas rester z'à rien faire,
Çà n'avance à rien.

Faut z'entendr' parler lui-même
Monsieur Griffonnet ;
Y dit, drès qui c'menc' un poème :
« Çà s'ra bentôt fait. »
Mais, quand on n'a pas d' mérite.
C'est z'un métier d' chien ;
On a beau travailler vîte,
Çà n'avance à rien.

D'puis qu'on maria Jeannette
A monsieur Griboux,

A tout l' monde alle répète :
« Ah ! queu triste époux !....
» J'ons beau z'avoir des prév'nances
» Pour ce p'tit vaurien,
» J'ons beau lui fair' des avances,
» Çà n'avance à rien. »

Drès l' moment qu'un' petit' femme
Vous r'gard' tendrement,
Contez-lui l'état d' vot' âme,
Vous v'là son amant ;
J'ons la preuv' qu' pour séduire,
C'est l' plus sûr moyen ;
Mais soupirer sans rien dire,
Çà n'avance à rien.

Si, par malheur, d'une place
Vous avez besoin,
Montrez d' l'intrigu' et d' l'audace,
Et vous irez loin :
N' citez pas vot' bonn' conduite,
C'est z'un pauvr' soutien ;
N' comptez pas sur vot' mérite,
Çà n'avance à rien.

Il est ben prouvé qu' la vie
N' dure qu'un instant,
En pleurant, chacun s'écrie :
« C'est ben attristant !... »

Eh ! morbleu ! faisons bombance,
Amusons-nous bien ;
Quand on s'afflig'ra d'avance,
Çà n'avance à rien.

MON DIEU ! QU' LES COCUS SONT HEUREUX !

Air : *Faut d' la vertu, pas trop n'en faut.*

REFRAIN :

Mon dieu ! qu' les Cocus sont heureux !
Quand donc le d'viendrai-je comme eux ?

C'est ainsi, qu' la tristess' dans l'âme,
Pierrot chantait d'un air chagrin,
En voyant l'humeur de sa femme,
Et le bonheur de son voisin !.....

Mon dieu ! etc.

Au logis aucun d'eux ne reste ;
Près d'elles, au lieu d' les enchaîner,
Dès qu'un bout d' soleil paraît... zeste,
Leux femm's vous les envoi'nt prom'ner.

Mon dieu ! etc.

Loin d' chez eux, passant la journée,
Ils s' livrent à d' joyeux ébats ;
Ils n' reviendraient qu'au bout d' l'année,
Qu' leux femmes ne s'en plaindraient pas.

Mon dieu ! etc.

Dans un' société d'importance,
Qu'avec leux femm's ils soient admis,
C'est à qui f'ra leur connaissance !
C'est à qui s'ra de leux amis !

Mon dieu ! etc.

Tout's les bourses leur sont ouvertes ;
C'est à qui leur voudra du bien !
Faut voir comm' leux femm's sont couvertes ?
Sans qu'çà leur coût' presqu' jamais rien.

Mon dieu ! etc.

Ils ont raison, même en justice,
Leur droit est toujours le plus clair ;
Dès qu'il s'agit d' leux rend' service,
Autour d'eux tout l'monde est en l'air.

Mon dieu ! etc.

Faut-il à leur petite rente,
Joindre un petit émolument ?

Dès qu'une p'tite place est vacante,
Leux p'tit's femm' sont en mouvement.

Mon dieu! etc.

Tout leur arrive, comm' de cire;
En ménage, las d'ètr' garçons,
Veul'nt-ils ètr' pèr's, ils n'ont qu'à l' dire,
Ils ont d's enfans d' tout's les façons.

Mon dieu! etc.

On est aux p'tis soins pour leur plaire,
Pour peu qu'ils n'arriv'nt pas trop tôt,
Le soir, ils trouv'nt, pour l'ordinaire,
L' souper tout prêt, le lit tout chaud.

Mon dieu! etc.

Enfin, pendant leur existence,
Leux femm's ont l'air d' les adorer,
Et n' regard'nt point z'à la dépense,
Quand vient l' moment d' les enterrer!

Mon dieu! qu' les Cocus sont heureux!
Quand donc le d'viendrai-je comme eux?

L'ENFANT DE CHŒUR

DE CYTHÈRE.

AIR : *Eh! ma mère, est-c' que j' sais ça.*

DE ta petite chapelle
L'amour m'a fait desservant,
Et mon service m'appelle
Auprès de toi plus souvent;
Si, dans ma tendre jeunesse,
J'ai servi Notre-Seigneur,
Je puis bien, de ma maîtresse,
Etre aussi l'ENFANT DE CHOEUR.

Pour contenter mon ivresse,
Il faut que, dans ton réduit,
Je ne serve que la messe....
Que la messe de minuit;
C'est là l'heure favorite
Où l'amour, sans carillon,
Pour te donner l'eau bénite,
Saisira mon goupillon.

S'il faut entonner l'épître,
J'étendrai mon livre saint

Sur cet élégant pupître
Formé par ton joli sein.
Quelle source de délice ,
Quand, guidé par le désir,
J'épuiserai le calice....
Le calice du plaisir.

Ecoute, ô charmante vierge,
Les vœux d'un tendre mortel,
Qui t'offre son petit cierge,
Tous les jours à ton autel.
S'il a prouvé qu'il t'adore,
Par plus d'un coup... d'encensoir,
Fais qu'il te le prouve encore
Sur ton petit reposoir.

VIE D'UN GAMIN.

RONDE DES RUES.

AIR : *Oui, je suis soldat, moi.*

Voui, je suis Gamin, moi,
La chose est connue;
Mais j' suis t'heureux comme un Roi,
En vivant dans la rue.

Pour voir tout ce que je voi,
D' chez soi, chacun s' déplace;

Et, sans sortir de chez moi,
Je vois tout c' qui se passe.

Voui, etc.

Moi, sans payer de valet;
De voitur', ni de rosse,
Si j' veux-t-un cabriolet,
J' grimp' derrière un carrosse.

Voui, etc.

Avec leurs bott's, les badauds
Tap'nt du pied-z-à la ronde;
Mais moi, z'avec mes sabots,
J' fais pus d' bruit qu'eux dans l' monde.

Voui, etc.

Tous les soirs, chacun chez soi,
Fait des frais de lumières;
Et c'est tout exprès pour moi,
Qu' s'allument les r'verbères.

Voui, etc.

Ah! j'ai des traiteurs parfaits:
J' peux choisir les poires cuites,
Les crêpes et les beignets,
Ou les pomm's de terr' frites....

Voui, etc.

Vous me direz : Mon coco ;
Comment qu' tu t' désaltères?
— Fait-y sec ? j' bois l' coco...
Pleut-il ? j'ai les gouttières...

Voui, etc.

Sans aller au Café d' Foi,
L'hiver, j'ai l' privilége
D' fair' pour mes amis et moi,
Des glac's avec d' la neige.

Voui, etc.

Aux feux d' paille, j'ai beau jeu ;
Je m' chauff' tout' la journée,
Et je n' crains pas que le feu
Prenne à ma cheminée.

Voui, etc.

De Cadot, de Duverny,
Que j'aime la poésie !
L'Opéra ne f'rait pas fi
Des Orgues d' Barbarie !

Voui, etc.

Les théâtres de Paris,
C'est bon pour les gens riches ;

Je n'vas qu'aux pestacles gratis...
Ou ben, j' lis les affiches.

Voui, etc.

J'ai des pestacl's en plein vent,
Oùs' qu'on n' pay' pas d'entrée :
Les chiens savants, l'ân' savant....
Bobêch', Galimafrée.

Voui,

J' fais la nique à CHEVALLIER,
Pour c' qu'est d' l'astronomie :
Car je sens toujours l' premier
Si l' temps est à la pluie...

Voui, etc.

Faut voir, quand y pleut à seaux,
Les sous m' pleuv'nt dans la manche :
J' grossis t'exprès les ruisseaux,
Afin d'y mettre un' planche.

Voui, etc.

D' plus d'un banquier, fin renard,
Je n' suis pas la route :
Je vends d' z'hann'tons pour un liard !
Et n' fais jamais banqu'route !

Voui, etc.

A la Roulette, les malins
Perdent l' bien d' leux familles;
A la roulette, les Gamins
Ne perdent que des billes.

Voui, etc.

A passer dehors les nuits,
Aisément j' m'habitue,
D'ailleurs, j' trouve autant de lits
Que d' bornes dans la rue.

Voui, etc.

Vouloir dev'nir fortuné,
S'rait z'avoir la berlue :
Dans la rue, enfin, j' suis né,
Et j' mourrai dans la rue.

Voui, je suis GAMIN, moi,
La chose est connue;
Mais j' suis t'heureux comme un Roi,
En vivant dans la rue.

LA PROMENADE SENTIMENTALE

AU CANAL DE L'OURCQ.

Air : *Partant pour la Syrie.*

Partant pour Lavillette,
Le jeune et beau François,
Dit un jour à Fanchette :
« Veux-tu venir au bois ? »
Plaignez l'amant fidèle,
Délicat et galant,
Qui, pour prom'ner sa belle,
N'a pas un sou vaillant.

Ils partent ; l' temps s' barbouille,
Si ben qu' çà tombe à seau,
Et qu' l'averse les mouille,
Qu' tout collait sur leur peau.
Plaignez l'amant fidèle,
Délicat et galant,
Qui, pour sécher sa belle,
N'a pas un sou vaillant.

Fanchette, alors propose,
Passant d'vant z'un bouchon,

D' s'y rafraîchir d' quenqu' chose,
N' fût-c' que d'un pied d' cochon.
Plaignez l'amant fidèle ,
Délicat et galant,
Qui, pour traiter sa belle,
N'a pas un sou vaillant.

D' son cou, blanc comm' cire,
L' vent fait voler l' mouchoir,
Et j' nai pas b'soin de dire
Tout c' que çà laisse voir.
Plaignez l'amant fidèle ,
Délicat et galant,
Qui, pour voiler sa belle,
N'a pas un sou vaillant.

Bentôt nouvelle disgrâce!
En sautant un ruisseau,
L' sabot d' Fanchette s' casse,
Et v'là son pied dans l'eau.
Plaignez l'amant fidèle ,
Délicat et galant,
Qui, pour chausser sa belle,
N'a pas un sou vaillant.

Plus loin, autre anicroche !
L' parasol d'un bénêt,
D' la pauvre Fanchette, accroche
Et déchire l' bonnet.

Plaignez l'amant fidèle,
Délicat et galant,
Qui, pour coiffer sa belle,
N'a pas un sou vaillant.

Tandis qu' Fanchette endève,
Le carosse d'un péquin,
D'un coup d' brancard, lui crève
Tout l' dos de son casaquin.
Plaignez l'amant fidèle,
Délicat et galant,
Qui, pour nipper sa belle,
N'a pas un sou vaillant.

Un gros doguin qui joue,
Sur Fanchette, s'élançant,
Lui caresse la joue,
Qu'elle en est tout en sang.
Plaignez l'amant fidèle,
Délicat et galant,
Qui, pour panser sa belle,
N'a pas un sou vaillant.

La voyant z'évanouie,
Chacun dit qu'un mat'las
La rendra z'à la vie;
V'là François dans d' beaux draps.
Plaignez l'amant fidèle,
Délicat et galant,

Qui, pour coucher sa belle,
N'a pas un sou vaillant.

Chez ell' François la r'mène,
Et l'y d'mand', par pitié,
Qu' pour prix de tout' sa peine,
Ell' devienne sa moitié;
Va donc, z'amant fidèle,
Dit-elle en s' rhabillant,
Faut, pour avoir un' belle,
Avoir queuqu' sous vaillant.

LE POMPIER,

OU

VIVE LA POMPE.

AIR : *Voulez-vous savoir l'histoire.*

DANS l' quartier de la Guernouillère,
On m' connaît beaucoup,
Et j'avons pus d'un' manière
De pomper z'un coup;
Au grenier, comme à la cave,
J' sommes-là volontiers;
Et j' dis : J' passons pour un brave,
Dans l' corps des pompiers.

Un beau jour, qu' j'étions de garde,
Au milieu d' la nuit,
On crie : Au feu ! V'là qu' j' regarde
D' queu côté vient l' bruit.
J'ons bentôt fait z'un' tournée :
Ciel ! queu trahison !
L' feu z'était à la ch'minée
De mam'zelle Suzon.

Vû qu' le d'voir me transporte
Où c' qui fait l' plus chaud,
En deux temps, j'enfonc' sa porte,
Pour entrer plus tôt.
V'là que j' trouvons la princesse,
L' pot à l'eau z'en main,
Et l' corps nu, comm' une Lucrèce,
Qui va s' met' au bain.

Ah ! m' dit-ell', c'est d'main dimanche,
Que j'avons d' regrets !
En r'passant ma ch'mise blanche,
L' feu s'est mis après.
Le peu qui m' reste, vous prouve
Que tout est grillé ;
Et voilà pour quoi j' me trouve
En déshabillé.

J'y dis : Vous êt's ben gentille !
Ça n' m'épouvante pas ;

J'ons toujours pitié d'un' fille
Qui montr' ses appas.
J' m'y connais ; si j' n' me trompe,
En r'muant z'un peu,
Avec le tuyau d' ma pompe,
J' s'rons maît' d' vot' feu.

Stapendant, j' dis, ma p'tit' mère,
Sans vous commander,
Pour aller pus vît', j'espère
Qu' vous allez m'aider.
C'est pour vot' compt' qu' je travaille,
Sans attendre à d'main ;
Si vous voulez qu' la pompe aille,
I m' faut z'un coup d' main.

C' mot-là lui donn' du courage,
A moi d' la vigueur ;
Et j' m'apercevons qu' l'ouvrage
Ne lui fait pas peur.
Mais, quoique j' soyons solide ;
V'là z'un chien d'échec ;
V'là mon réservoir qui s' vide,
V'là ma pompe à sec !

Heureus'ment, m' dit l'ingénue,
T'es t'un bon enfant,
Grâce à toi, l' feu diminue

Queu joli talent !
J' n' veux pas qu'un' aut' te l' dise ;
Car j'ons d' la pudeur :
Le feu qu'a brûlé ma ch'mise
Vient d' prendre à mon cœur.

Comm' j' venais d'avoir un' preuve
D' sa bonne amitié,
J' l'y dis : Qu' tu sois fille ou veuve,
Tu s'ras ma moitié.
Pour que l' nœud qui nous engage
Soit pus assuré,
J' finirons not' mariage
D'vant monsieur l' curé.

Quand elle a z'une aut' chemise,
Moi, z'un aut' habit,
L' matin, j' la mène à l'église,
Et l' soir, dans mon lit.
Et depuis qu'alle est ma femme,
J' passons d'heureux jours ;
Sans jamais éteind' not' flamme,
La pompe va toujours.

ET V'LA LA MORALE :

Dans c' bas monde, faut êtr' queuqu' chose :
Moi, j' suis t'un pompier.
Malheur à c'ti-là qu'en glose !
G'ny a pas d' sot métier.

J' connaissons un peu les belles,
Et j' crois, sans m' tromper,
Que drès que l' feu prend chez elles,
Faut savoir pomper.

APPEL AUX GOURMANDS,

OU

LE TRAITEUR-RESTAURATEUR

DU NOUVEAU PASSAGE MONTESQUIEU.

AIR : *Venez, venez dans mon parterre.*

VENEZ, venez à ma cuisine,
Joyeux Gourmands qui, dans Paris,
Le nez en l'air, cherchez les *Ris*,
Dans une gargotte assassine.
Comus ne saurait tolérer
Que de ses autels, on s'écarte,
Et, pour ne plus vous égarer,
Il ne faut pas (*ter.*) perdre la *Carte.*

Flattant les goûts avec adresse,
J'ai soin d'assortir mes repas,
De *Langues*, pour les avocats,

Et de *Truffes*, pour la vieillesse ;
Je sers du *Jarret* aux poltrons,
OEufs au miroir, à la coquette ;
J'offre à nos aimables tendrons,
Des *petits Piés* (*ter.*) *à la poulette*

J'offre aux barbons, la *Ravigotte*,
Hareng sec, au poëte usé,
A l'Adonis pincé, frisé,
La *Côtelette en papillotte* ;
Au petit-maître, un *Vol-au-vent*,
Du *Sel*, à nos vaudevillistes,
Une Macédoine, au savant,
Et des *Lardons* (*ter.*), aux journalistes.

Pour les caillettes, j'ai des *Cailles*,
Des *Turbots*, pour les fournisseurs,
Des *Huîtres*, pour les procureurs...
Les plaideurs auront les *Ecailles*.
J'ai du vin de tous les climats,
Je donne aux guerriers, le *Tonnerre*,
Le *Vin de Grave*, aux magistrats,
Le *Vin de Nuits* (*ter.*) à ma bergère.

J'ai plus d'une *Dinde en gelée*,
Pour nos tendrons vieux et grêlés ;
Et pour nos acteurs boursoufflés,
Plus d'une *Omelette soufflée*.
J'ai, pour nos modernes Pradons,

La *Côtelette à l'épigramme ;*
Et j'ai des *Aîles de dindons...*
Pour nos faiseurs (*ter.*) de mélodrame.

Je sers de la *Sauce piquante*,
Au rédacteur du *Feuilleton* ,
A nos parvenus , du *bon Thon*,
Des *OEufs brouillés*, à l'intrigante ,
Des *Sautés* , au Vestris nouveau ,
Une *Farce*, à la prude Estelle,
Aux gros traitans, *Tête de Veau* ,
A nos auteurs (*ter.*), de la *Cervelle.*

Loin de m'enivrer de fumée ,
Comme une foule de nigauds ,
Je veux, sur mes tendres *Gigots* ,
Asseoir encor ma renommée.
Pour la beauté, j'aurai toujours
Une friande *Galantine* ;
Et pour l'objet de mes amours ,
Jolis Pigeons (*ter.*) *en crapaudine.*

LE MARDI-GRAS.

AIR : *Du bastringue.*

Vive! vive
Le Mardi-Gras!
Où s' qu'on s' grise,
Où s' qu'on s' déguise;
Vive, vive
Le Mardi-Gras!
C'est z'un jour comme on n'en voit pas!

Pour les six s'maines de Carême,
Oh! c'est qu' j'allons manger tout d' même
Au jeûne y faut me préparer......
En jeûnant j' pourrons digérer.

Vive! etc.

Je m' sentons une faim du diable;
Aujourd'hui je n' quitte pas la table:
Car, morguenne, j' n' voulons pas
Maigrir le jour du Mardi-Gras!

Vive! etc.

V'là z'un bœuf qu'a la tête parée;
Chacune d' ses cornes est dorée!

Y paraît qu'on veut, dans Paris
Dorer la pillule aux maris!

Vive! etc.

J' voyons arriver z'un' berline,
En avant gu'y a t' un' Colombine;
Derrière, Arlequin..... c'est bisquant,
Y voudrait ben êtr' par devant.

Vive! etc.

Qu'est-ce que j' vois donc? Not' femme Françoise,
Dieu m' pardonne, alle est en Chinoise!
D' son bras s' détache un grand sournois,
Qui m' dit : mon homme, j' te fais Chinois!

Vive, etc.

J' lorgnons deux fois c'te belle coëffure;
Y s'en faut z-un peu qu' çà m' rassure!
Z'avec un soupir étouffé,
Je m' dis, tout bas : Me v'là coiffé!

Vive, etc.

L' Mardi-Gras, chacun s' déguise
Et s' métamorphose à sa guise;
J' vois, qu'à la barbe des jaloux,
Les amans s' déguise' t' en époux.

Vive! etc.

BIBLIOTHEQUE ROYALE

En r'venant d' la joyeus' guinguette
Sans argent, tout comm' sans toilette,
Je m' glisse au bal de l'Opéra;
On s' dispute à qui dormira.

Vive! etc.

Dans la salle j' faisons ma ronde,
Et j' n'y voyons que du biau monde;
Mais on n' rit pas, je m'dis ici,
J' crois qu' la gaîté s' déguise aussi.

Vive! etc.

Lurons, mettons-nous en goguette,
Rions tous, comme à la guinguette!
Souv'nez-vous qu'à c' joyeux festin,
N' faut déguiser que le chagrin.

Vive! etc.

C'est d'main, méquerdi, qu'on l'enterre;
Foi d' Nicolas, ç'a m'désespère.....
Bah! quand on sait boire et chanter,
Amis, on peut l'ressusciter!

Vive! vive

LE BERGER BIEN SAGE

ET

CELUI QUI NE L'EST PAS.

Air : *J'ai vu le parnasse des dames.*

Lise, bergerette gentille,
D'amour souffrait le doux tourment,
Et le cœur de la pauvre fille
Palpitait au seul nom d'amant;
Au beau Justin, dans le bocage,
Elle rêvait en soupirant;
Le beau Justin était bien sage,
Mais n'était pas du tout savant.

De Justin, près de la bergère,
Le hasard a conduit les pas.
Ai-je, dit-elle, su lui plaire?
Qu'il parle, il ne languira pas.
Lise vainement l'encourage
A faire l'aveu qu'elle attend;
Il se tait pour être plus sage,
Quand il faudrait qu'il fût savant.

Dans un regard plein de tendresse
L'ignorant ne devine rien ;
Une main douce le caresse ;
Il va jouer avec son chien.
Des voluptés il voit l'image,
Du désir il entend l'accent ;
Mais il jure qu'il sera sage....
Maladroit sois plus tôt savant !

Lise, de plus en plus émue,
En rougissant tombe en ses bras ;
Il reste comme une statue,
Et craint d'effleurer tant d'appas.
Elle comptait sur un hommage,
Et n'a pas même un compliment !
Justin fuit, disant : Je suis sage,
Ça fatigue d'être savant.

De Lise il s'éloignait à peine
Qu'avec elle André vint causer ;
André, bon vivant et sans gêne,
Pour début lui prend un baiser.
Il ose bientôt davantage,
Tant il est vif, entreprenant ;
Plus Lise lui dit : « Soyez sage,
Plus il fait voir qu'il est savant.

Enfin, si grande est la puissance
D'un garçon qui se montre bien,

Qu'après une faible défense,
Lise ne refuse plus rien.
L'ivresse devient son partage;
Sa voix répète tendrement :
André ne sois jamais plus sage;
Ah! sois toujours aussi savant.

Cette histoire, vraiment classique,
Nous offre une moralité;
C'est que le calme platonique
Ne convient point à la beauté;
A ses yeux l'audace est le gage
Du mérite d'un jeune amant;
On l'insulte si l'on est sage,
On lui plaît quand on est savant.

LA PARTIE DE SAINT-CLOUD.

Air : *Du bastringue.*

Vive Saint-Cloud! morgué, je suis fou
D' ses prom'nades,
D' ses cascades!
On a beau nous vanter l' Pérou;
Moi, j' dis qu' c'est ben loin d' Saint-Cloud.

Hier dimanch', comm' c'était la fête,
Je me r'quinqu' des pieds t'à la tête,
Et j' dis à ma femme : partons
Pour le pays des Mirlitons.

Viv' Saint-Cloud, etc.

Ma femme, pour dîner sur l'herbe,
S' munit d'un saucisson superbe ;
Moi, pour six sous, j'achète un m'lon,
Où g'ny a z'encor la moiquié d' bon.

Vive Saint-Cloud, etc.

J' courons bèn vîte à la galiotte ;
Mais, bah! sur l'eau la v'là qui trotte ;
Pus d' milieu, faut prendre un coucou,
Ou sinon, nos jamb's à not' cou.

Viv' Saint-Cloud, etc.

Par bonheur, un queuqu' z'un nous crie :
J' mène à la foire un' ménag'rie
De tout' sort' d'animaux curieux ;
Montez, gn'y a z'encor plac' pour deux.

Viv', etc.

Sur l'impérial', Fanchett' se juche
Entre un' guenon et z'un' perruche ;
Et moi, j' grimp' sur l' siég' du sapin,
Près d'un sing' qu'était-z-en lapin.

Viv', etc.

Mais v'là qu'en passant sur l' pont d' Sèvres,
D' frayeur, ma femme à la fièvre ;
C'est que j'somm's tous deux dans l' même cas
Et qu'en fait d'eau, j' n'en mangeons pas.

Viv', etc.

Je crie à not' cocher, qui cause :
Dépêch'-toi, ma femm' sent queuqu' chose ;
Le chien d' malhonnêt' me répond :
Monsieur, la foir' n'est pas sur l' pont.

Viv', etc.

Enfin, j'arrivons t'à la grille,
Et, comm' de danser, ma femm' grille,
J' vous laissons, sans qu' çà fasse un pli,
Le coucou là, pour Kokoli.

Viv', etc.

Ma femm' qui sait qu' la dans' me lasse,
Cherche un queuqu' z'un qui me remplace ;
Et v'là l'ami Giroux tout près,
Qui s' trouv' là comme un fait exprès.

Viv', etc.

Moi, je m' dis l'occasion est bonne ;
Allons, pendant qu' ma femm' s'en donne,
Voir c'te troup' de canich's là-bas,
Oùs que les chiens font d's entrechats.

Viv', etc.

Les chiens finis, j' vat aux grand's cages,
Oùs qu'on voit les anthropophages;
Çà mange un homme, comme un dindon;
J' conviens qu'çà m'a donné l' frisson.

Viv', etc.

J' vois le p'tit nain dans son ménage,
Il a z'un mètr', pas davantage;
Mais un' fill' de trois ans, qu'il a,
Donn'rait ben l' fouet z'à son papa.

Viv', etc.

D' Galimafré, j' vois la grimace,
Puis, c' grand Bobêch'; qu'est si caucasse;
Et comm' j'étions sous les tréteaux,
J' m'apercevons qu'on lâche les eaux.

Viv', etc.

L' jet d'eau m' rappelle ma Fanchete;
J' cours au bal, de peur qu'all' s'inquiète,
Mais, zeste, on s'était écripsé,
La belle avait déjà walsé.

Viv', etc.

Je cherche dans tout's les guinguettes,
J' cours au jeu d' bagues, aux marionnettes.
A la lanterne, au grand bassin....
Pas pus d' Fanchett' que d'sus ma main.

Viv', etc.

Tout-à-coup, je m' dis : Que j' sis bête!
J' vois là z'un bois au-d'sus d' ma tête :
Ma femme et Giroux, je l' gag'rais,
Y auront été, pour prendr' le frais.

Viv', etc.

En montant, j' veux percer la foule,
V'là que j' dégringol' comme un' boule :
Je m' ramassons tout éreinté,
Et j' chantions, en m' tenant l' côté :

Viv', etc.

Je r'grimp', j'appell', point de réponse,
Et quand à les trouver, je r'nonce ;
J' les entr'aperçois dans l' buisson,
Qui pinçaient un duo d' mirliton.

Viv', etc.

Çà, que j' dis, faut dîner, ma bonne,
Et ben vît', car la faim m' talonne ;
J' n'ons pas fait un fameux fricot,
Vu que j' n'ons croqué que l' marmot.

Viv',

Moi, dit Fanchette, après la danse,
Craignant d' tomber en défaillance,
En t'attendant, sur le gazon,
J'avons gobé le saucisson.

Viv', etc.

Comm' j'avions d' l'appétit pour quatre,
Sur l' melon, j' voulons me rabattre :
Ils aviont mangé l' bon côté,
Vous d'vinez c' qui m'avait resté.

Viv', etc.

Ma femm' me gouaille, et moi, d' l'i dire :
Toi, qu'a l' ventre plein, tu peux rire ;
Mais, après un pareil coup d' temps,
J' réponds de n' pas chanter d' long-temps :

Viv' Saint-Cloud! morgué, je suis fou
D' ses prom' nades,
D' ses cascades !
On a beau nous vanter l' Pérou,
Moi, j' dis qu' c'est ben loin d' Saint-Cloud.

UNE AVENTURE DE CORPS-DE-GARDE,

OU

LE VOYAGEUR MALENCONTREUX.

Air : *du vaudeville des Scythes.*

Las d'habiter la capitale,
Voir du pays, est mon projet,
Et près d'un courrier, dans la malle,
J'entreprends gaîment le trajet. (*bis.*)

Bientôt, je dors, un doux songe me berce :
Je suis heureux, je crois boire et manger ;
Je crois danser, quand la voiture verse ;
Je me réveille, et ne puis plus bouger.
Je crois danser, quand la voiture verse ;
Pour faire un saut, fallait-il voyager ?
Fallait-il voyager ?

Dans une auberge, on me transporte,
Un barbier vient au même instant ;
Après une chute aussi forte,
Il faut, dit-il, tirer du sang. (*bis.*)
Non, non, vraiment, je crains trop la lancette.
— Bah! c'est faiblesse ; il n'y faut pas songer ;
Ouvrons la veine, et votre affaire est faite ;
C'est le moyen d'être hors de danger :
Ouvrons la veine, et votre affaire est faite.
— Pour ma santé, laissez-moi voyager.
Laissez-moi voyager.

Échappé des mains du barbare,
Qui, sans doute, voulait ma mort,
A m'éloigner, je me prépare,
Un incident m'arrête encor.
Une beauté rustique, mais gentille,
Par un baiser, veut bien me soulager.
La nuit, surpris avec la jeune fille,
Un gros butor me force à déloger.

La nuit, surpris avec la jeune fille,
Confus, tremblant, il me faut voyager.
Il me faut voyager.

Presque nu, portant ma dépouille,
Je m'éclipse du lieu fatal :
A l'instant passe une patrouille;
Halte-là, dit le caporal.
Je cours plus fort, craignant une méprise;
A m'arrêter, on a su m'obliger,
Du caporal, sur moi, le jonc se brise ;
Dans un cachot, le guet va me plonger.
Du caporal, sur moi, le jonc se brise,
Les poings liés, on me fait voyager.
On me fait voyager.

Au violon, on me renferme,
A mes yeux, tout se peint en noir;
Mais, chaque malheur a son terme :
Dans mon trésor, est mon espoir.
J'offre de l'or, on accepte ma bourse ;
Ma prison s'ouvre. O bonheur passager !....
Je crois m'enfuir, on dirige ma course,
Je suis conduit où l'on doit me juger.
Je crois m'enfuir, on dirige ma course:
Comme un fripon n'est-ce pas voyager ?
N'est-ce pas voyager ?

Arrivé chez le commissaire,
Des plaignans je suis le dernier;
Le magistrat a mainte affaire;
Et l'on m'incarcère au grenier.
Comment sortir? Morbleu, par la mansarde;
Crac, je m'élance au milieu d'un verger.
Je suis blessé, mais j'ai trompé la garde,
Et libre enfin, mon mal paraît léger.
Je suis blessé, mais j'ai trompé la garde,
Clopin-clopant, je puis donc voyager,
Je puis donc voyager.

De Paris, je reprends la route,
Sagement, c'est penser, je crois,
Personne, à coup sûr, ne s'en doute,
Chez moi, je rentre en tapinois.
Je vais revoir une épouse fidèle,
Que mon départ semblait tant affliger.
O désespoir! un galant, auprès d'elle,
Goûte un plaisir qu'elle aime à partager.
O désespoir! Un galant est près d'elle;
Mari prudent ne doit pas voyager,
Ne doit pas voyager.

CADET-BUTEUX

AU BOULEVARD DU TEMPLE.

AIR : *Faut d' la vertu, pas trop n'en faut.*

LA seul' promenade qu'a du prix,
La seule dont je suis épris,
La seule où j' m'en donne où je ris,
C'est l' boulevard du Temple, à Paris.

Ce boul'vard est vraiment l'unique
Pour piquer la curiosité...
On y voit l'Ambigu comique,
Qu' est à côté de la Gaité.

La seul' prom'nade, etc.

Y a le spectacle d' m'am'sell' Rose,
Qui, sans jamais s' donner d'efforts,
Moyennant quenq' sous, (c' qu' est peu d'chose.)
Fait tout c' que l'on veut de son corps.

La seul' prom'nade, etc.

On y voit sur un p'tit théâtre
Un' fill' qui du pied brode, écrit...
Plus loin, la passion d' Cléopâtre
A côté d' celle d' Jésus-Christ.

La seule promenade, etc.

L' café d'Apollon nous représente,
Des pièces, où pour doubler l'effet,
C' n'est qu'à deux qu'on parle et qu'on chante.
Ah! jarni, queu trio qu' ça fait!

La seul' prom'nade, etc.

C' café d'Apollon est tout contre
Une espèce de p'tit salon,
Où l'Univers, que l'on y montre,
A trois pieds d' large et deux pieds d' long.

La seul' prom'nade, etc.

A droite, j' voyons l's Irsabelles
Avec leurs Gilles s' qu'reller;
A gauche, pour les yeux d' leurs belles
J' voyons les paillasses brûler.

La seul' prom'nade, etc.

L' café Turc est l' jardin des Grâces....
Aussi vient-on après le r'pas
Y prendr' café, liqueurs ou glaces,
Ou punch, ou..., qu'est-ce qu' on n'y prend pas.

La seul' prom'nade, etc.

Du marais les mamans tout' fières
Y mènent leurs fill's au cou tendu,
Dont la pudeur baisse les paupières
Et dont l'empois enfle l' fichu.

La seul' prom'nade, etc.

Chaqu' jour, pour queuq' nouveaux ménages,
L' Cadran bleu sonn' l'heure du bal;
Mais j' crois qu' s'il fait ben des mariages,
Il n'en défait aussi pas mal.

La seul' prom'nade, etc.

Viens-t'-en, m' dit l'aut' soir un' petite,
Qui d' l'œil paraissait me r'luquer;
L'affair' d'un moment, et j' te quitte,
J'ai queuq' chose à t' communiquer.

La seule promenade, etc.

D' Curtius voyez le factionnaire,
Comme il regarde l' monde en d'ssous!...
Si j' l'échauffons, dans sa colère,
Il est homme à fondre sur nous.

La seul' prom'nade, etc.

Qu'est-ce donc qu' j'entends? c'est d' la musique,
V'là tous les dindons du quartier
Qui s' pressent, qui s' foulent; mais bernique!
Ils ont beau faire, j' suis l' premier.

La seul' prom'nade, etc.

D'mon Barbaro v'nez voir l'adresse;
V'nez voir l'esprit d' mon p'tit anon;
V'nez voir mon lapin battr' la caisse;
V'nez voir mon s'rin tirer l' canon.

La seule promenade, etc.

Et la trompette qui résonne,
L'ivrogne qui jure, l' tambour qui bat,
Les chiens qui japp'nt, la cloche qui sonne,
Et moi d'crier pendant c' sabat:
La seul' prom'nade, etc.

Mais tandis qu' pour voir tant d' bamboches,
Je m' tends l' jarret, les yeux et l' cou,
Me v'là quand j' fouillons dans mes poches,
Sans mouchoir, sans montre et sans l' sou.

La seul' prom'nade qu'a du prix,
La seule dont je suis épris,
La seule où j' m'en donne, où je ris,
C'est l' boul'vard du Temple, à Paris.

TON, TON, TONTAINE, TON, TON.

AIR : *De chasse.*

LORSQUE je ne suis pas en veine
Pour composer une chanson,
  Ton, ton, (*bis*) tontaine, ton, ton;
Au lieu d'une rime incertaine,
Je place après un vieux dicton,
  Ton, ton, tontaine, ton, ton.

Buveurs, fêtez la tonne pleine,
Et faites sauter son bondon;
  Ton, ton, etc.
Mais fuyez loin de la fontaine,
L'eau ne convient qu'au caneton;
  Ton, ton, etc.

Quand je dis, fuyez la fontaine,
Ce n'est pas l'auteur de ce nom;
  Ton, ton, etc.
Car sa morale utile et saine
Ne craint pas le qu'en dira-t-on:
  Ton, ton, etc.

Mangeons le lapin de garenne,
La caille, le brochet, le thon;
  Ton, ton, etc.
Arrondissons notre bedaine,
Dussions-nous lâcher un bouton;
  Ton, ton, etc.

A table où l'amitié m'amène,
Je suis convive sans façon;
  Ton, ton, etc.
J'avale parfois le Surène,
Et digère le miroton;
  Ton, ton,

Comme très-souvent la futaine
Couvre plus d'attraits qu'un linon,
Ton, ton, etc.
A la coquette Célimène,
Moi, je préfère Jeanneton;
Ton, ton, etc.

Par fois le Vaudeville en scène
Sur ses pipeaux joue un faux ton;
Ton, ton, etc.
On dirait que c'est Melpomène
Qui pleure dans un mirliton;
Ton, ton, etc.

Chantons tout bas pour Démosthène,
Platon, Caton, Milton, Newton;
Ton, ton, etc.
Mais pour Momus, l'Amour, Silène,
Mes amis, élevons le ton;
Ton, ton, etc.

Quand la fileuse souterraine
Aura fini mon peloton;
Ton, ton, (*bis*) tontaine, ton, ton;
J'irai voir au sombre domaine
Si c'est du fil ou du coton;
Ton, ton, tontaine, ton, ton.

LE NOUVEAU DÉBARQUÉ,

OU

VOULEZ-VOUS PASSER ?.... PAYEZ.

AIR : *De M. Lélu.*

Voulez-vous passer ?... Payez ;
C'est l' vaud'ville
Qui court la ville.
Voulez-vous passer ?... Payez ;
Tous les chemins vous sont frayés.

J' débarquais du coche d'Auxerre
Pour visiter ce beau Paris,
J' brûlais de mettre pied à terre
Dans ce séjour des ris et des cris ;
J' traversais avec ma saccoche,
Lorsqu'un bambin crasseux et laid
M' dit, appuyé sur son balai :
« Ici, comme pour prendre le coche,
Voulez-vous passer ?... etc. »

Sentant mes forces amorties,
J'vais chez l' traiteur manger mon soû ;
J'croyais qu' les alouettes tout's rôties

M' tomb'raient là, sans donner un sou;
Le ventre plein la mine riante
D'filer j'avais conçu l'espoir,
Lorsque la dame du comptoir
Dit, en m' donnant la carte payante:
» Voulez-vous passer?... etc. »

Ivre... des plus bell's espérances,
Je quitte mon habit d' bouracan,
J' vol' chez l' Ministre des finances
Demander un emploi vacant;
Dans l'antichambre, où j'entre à peine,
Je trouve plus d'un concurrent,
On m' dit: « Si vous êt's aspirant,
» Il est un' recette certaine:
» Voulez-vous passer?... etc.

Contre un cousin de Normandie
Je nourrissais un vieux procès,
J' voulais, bravant sa perfidie,
En appel avoir du succès;
Pour trouver un juge propice
Je m' présente chez monsieur Dandin,
Je frappe, et son suisse soudain
Me dit: « Pour obtenir justice,
» Voulez-vous passer?... etc.

Pourvu d'un talent assez mince,
J' veux pour prix de mes petits chants,

Des poët's remplacer le prince
Qui peignit si bien l'Homme des champs,
Tout fier de ma Muse endormie,
J' traverse l' palais des Césars,
Et l'on m' chante sur l' pont des Arts
Comme aux portes d' l'Académie :
Voulez-vous passer ?... etc.

J' venais d' voir la fille sauvage
Au théâtre du boulevart,
Lorsqu'une autr' plus leste et moins sage
M'accoste avec un doux regard ;
J' réponds à son tendre langage,
Et puis d' l'air le plus humain,
Ell' m' dit, en me m'nant par la main
Dans un profond et noir passage :
Voulez-vous passer, payez ?... etc.

Depuis l' passeux d' la Guernouillère
Jusqu'au rédacteur d' maint feuill'ton,
De d'mandeurs une fourmillière
Me répéta ce vieux dicton :
Que dit ce régisseur maussade
A plus d'un misérable auteur ;
Et que chante ce gros docteur
Lorsqu'on l'appell' chez un malade ?
Voulez-vous passer ?... etc.

Mais voyant s'épuiser ma bourse
Et las d'avoir tant de guignon,
J' n'ai plus enfin d'autre ressource
Qu' d'aller r'voir l' pays bourguignon;
Heureux dans c'te paisible contrée,
J' puis, en buvant coup sur coup,
Me passer du vin par le cou
Sans qu'on m' chant' pour les droits
d'entrée :
Voulez-vous passer?... Payez;
C'est l' vaud'ville
Qui court la ville;
Voulez-vous passer?... Payez.
Tous les chemins vous sont frayés.

LE BOULANGER MALHEUREUX,

OU

FANCHON PORTERA LA CULOTTE.

Air et parodie de Blanche portera la couronne. Musique de M. Lélu.

La pelle et l'torchon à la main,
Des meûniers ont osé flétrir ma femme enceinte,
D' l'honneur écoutons la voix sainte,
Et qu' sans faute demain, ils soient dans le pétrin.

La pudeur parle... et tout l' quartier chuchotte ;
Boulangers, d' mon hymen courons venger les droits,
Et tandis qu'avec vous combattra vot' bourgeois,
Fanchon portera la culotte.

Foulant aux pieds tout sentiment,
Ils ont porté chez moi le levain... d' la discorde,
J' suis d'un' bonn' pât'..., j'aime la concorde,
Et j' veux qu'ils soient moulus comme un grain de froment.
Qu'à notre aspect, tout Montmartre sanglotte,
Dissipons, foudroyons c' vil troupeau de galopins,
Tandis que dans Paris vendant ses petits pains,
Fanchon portera la culotte.

Vainqueurs de ces mauvais sujets,
Braves mitrons, sur mes pas vous r'verrez la boutique ;
Ma femm', ma bonne et chaqu' pratique
D'org', d'épis et de fleurs couvriront vos bonnets.
Des Ecossais portant l'illustre cotte,
D' ma boutique vous serez et l'orgueil et l'espoir,
Et, pour votre bonheur, assis' dans le comptoir,
Fanchon portera la culotte.

ORAISON FUNÈBRE

DE FANFAN DUBELAIR,

Par FANCHON la Ravaudeuse, son inconsolable Veuve.

AIR : *Du roi d'Yvetot*,
ou : *Quand un tendron vient en ces lieux.*

UNE VOISINE.

D'où vient Fanchon, ma chère enfant,
C' matin qu' t' as l'air tout chose;
D'un chagrin aussi conséquent
Quell' peut donc être la cause?

FANCHON.

Tu me vois le cœur tout marri
D'avoir perdu mon p'tit mari,
Chéri;
Oh! oh! oh! oh! ah! ah! ah! ah!
Quel joli mari c'était là,
Lala.

Si d' sa bonne amitié souvent
J' li d'mandais un p'tit gage;
Dam' fallait l' voir le nez au vent,

Vit' se mettre à l'ouvrage;
Qu'il était gai, vif, caressant,
Comme il faisait en badinant
L'enfant!
Oh! oh! etc.

Du cabaret quand il rev'nait,
Plus gai qu'à l'ordinaire,
D' son bras souvent il m' caressait,
Mais je n' m'en plaignais guère;
L' soir, s'il avait pompé trop d' vin,
Y m' tourmentait comme un lutin
L' matin.
Oh! oh! etc.

A l'îl' d'Amour s'il paraissait,
En voyant sa prestance,
Plus d'un' belle avec lui voulait
Tâter d' la contredanse.
Pour danser, été comme hiver,
On voyait toujours Dubélair
En l'air.
Oh! oh! etc.

Comme un faraud musqué, pincé,
Paré d' sa chemise blanche;
L' jarret droit, l' catogan r'troussé,
Fallait l' voir le dimanche.

Par son babil, ses airs d' grandeur.
Il blessa plus d'une femme d'honneur,
Au cœur.
Oh! oh! etc.

Un jour qu'il avait bu trop d' vin,
Il fit une chut' terrible;
Et se voyant près de sa fin,
Y m' dit d'un air sensible:
Qu'il est dur de mourir ainsi,
Et d'êtr' par son meilleur ami
Trahi.

Oh! oh! oh! oh! ah! ah! ah! ah!
Quel joli mari c'était là,
Lala.

ELOGE DU CAFÉ.

Chanson dédiée au Maître du Café de *Momus*, Cloître Saint-Honoré.

Air: *Fille à qui l'on dit un secret.*

J'ai quelquefois chanté du vin
La liqueur fraîche et pétillante;
C'est aujourd'hui, café divin,
Ton parfum charmant que je chante.

Si le raisin fut inventé
Par la folie et par l'ivresse,
Tu dois avoir été planté
Par le génie et la tendresse.

De ce doux nectar échauffé,
L'auteur de Mérope et d'Alzire,
Disait, en voyant son café:
« Voilà la muse qui m'inspire. »
Pour faire encor couler nos pleurs,
Que n'as-tu, séduisant Voltaire,
A tes tragiques successeurs
Laissé, pour dot, ta caffetière.

Répondez-moi, jeunes amans,
Quand vous courtisez une belle,
Est-ce Bacchus, en ces momens,
Que vous invoquez auprès d'elle?
Pour moi, lorsque j'attaque un cœur,
Jamais à boire je ne songe;
Le vin abrège le bonheur
Et le café nous le prolonge.

Infatigables prosateurs,
Auteurs tragiques et comiques,
Inépuisables orateurs,
Et vous, écrivains politiques,

Venez, puisqu'il charme l'ennui,
Au café rendre vos hommages;
Peut-être on n'eût pas lu sans lui
Ni ma chanson, ni vos ouvrages.

REPROCHES

De Mam'zelle SOPHIE à son amant HYPPOLITE, au sujet de ce qu'il l'avait surprise avec un autre MONSIEUR.

AIR *du vaudeville des Maris ont tort.*

DIS-MOI donc, mon cher Hyppolite,
Pourquoi tu n' veux plus me parler;
Dis-moi, pourquoi que tu me quittes
Quand j' commençais à m'attacher.
Va, ta Sophie est bien coupable,
Pourquoi veux-tu l'abandonner?
Tu es aimé, tu es aimable,
Tu es un amant fortuné.

Tu m' fais toujours fair' des sottises,
Et mon monsieur m' cherche par-tout;
Pourquoi m' disais-tu des bêtises
Quand je n'te disais rien du tout.

Je suis une fille perdue;
Tu fais l' malheur de ta Sophie,
Tu voulais dir' : « Je l'ai eue; »
Eh bien! tu y as réussi.

J' vois à l'air de ton visage,
Mon cher, que tu n'as pas d'argent;
Aurais-tu mis ta montre en gage,
J' vais aller mettre mon schall en plan.
Ah! pour toi je ferai la gueuse,
O! le plus aimé des amans!
Si par toi je suis malheureuse,
J'aurai pour moi les sentimens.

J' M'EN.... RIS.

AIR : *Tarare, pompon.*

Poëtes élégans,
Chantres de l'art de boire,
Au temple de Mémoire
Nourrissez-vous d'enceus:
Moi, quand je tiens ma place
Entre de joyeux fous,
Qu'on me siffle au Parnasse
J' m'en.... ris.

Du mot qu'a prononcé
Mon indiscrète bouche,
La pudeur s'effarouche,
L'usage est offensé :
Tant pis... Toujours sincère,
Je veux suivre mes goûts,
Et, dussé-je déplaire...
J' m'en... ris.

Mon cœur était épris
De la belle Lucrèce ;
Enfin, de ma tendresse,
J'avais reçu le prix.
Un rival vient m'apprendre
Que l'on nous trahit tous.
Je réponds, d'un air tendre :
J' m'en... ris

Je briguais un emploi ;
C'était dans la finance,
Un homme d'importance
Intercédait pour moi.
La Phryné du ministre
(Messieurs, c'est entre nous)
La souffle pour un cuistre.
J' m'en... ris.

Chez Villiaume, un matin,
J'épouse une comtesse;
Elle a, je le confesse,
Le minois d'un carlin;
Ses trois dents sont branlantes,
Et ses cheveux sont roux...
Quand je palpe ses rentes,
J' m'en... ris.

Que de fades rimeurs
S'intitulent poètes;
Qu'aux faquins nos grisettes
Prodiguent leurs faveurs.
Vivez dans l'opulence,
Ignorans et filoux;
Voici ce que j'en pense,
J' m'en... ris.

Croirai-je, en bon chrétien,
Qu'il est une autre vie?
On l'assure; on le nie;
Pour moi, je n'en sais rien.
Mais l'homme juste et sage,
Sûr de mourir absous,
Peut dire avec courage:
J' m'en... ris.

V'LA C' QUE C'EST QU' D'AVOIR D' L'ESPRIT.

AIR : *V'là ce qu' c'est qu' d'aller au bois.*

CHAQUE jour on sèche, on maigrit
V'là c' que c'est qu' d'avoir d' l'esprit.
Voyez un auteur érudit :
  Quel air d'abstinence!
  Mon Dieu! sa présence
Annonce un mortel qui pâtit;
V'là c' que c'est qu' d'avoir d' l'esprit.

Par jour un volume il écrit;
V'là c' que c'est qu' d'avoir d' l'esprit;
Vîte à son libraire il le lit.
  Le libraire baille,
  Ou plaisante, ou raille...
L'auteur en pestant déguerpit :
V'là c' que c'est qu' d'avoir d' l'esprit.

Triste, il s'en va dans son réduit;
V'là c' que c'est qu' d'avoir d' l'esprit;
Sur le sort humain il gémit :
  Hélas! il espère
  Qu'un jour plus prospère,
Pourra lui donner du crédit;
V'là c' que c'est qu' d'avoir d' l'esprit.

Sans cesse il rève dans la nuit,
V'là c' que c'est qu' d'avoir d' l'esprit;
S'il se réveille, il réfléchit...
  Un grand mélodrame
  Occupe son âme;
Il en accouche dans son lit;
V'là c' que c'est que d'avoir d' l'espsit.

Il a toujours bon appétit,
V'là c' que c'est qu' d'avoir d' l'esprit.
Mais, hélas! par un sort maudit,
  La dure misère
  Sans cesse est en guerre
Avec la faim qui le poursuit;
V'là c' que c'est qu' d'avoir d' l'esprit.

J'ai fait ce portrait en petit,
V'là c' que c'est qu' d'avoir d' l'esprit.
C'est le modèle qu'on choisit,
  Que chacun contemple,
  Cite pour exemple,
Quand d'un pauvre diable il s'agit;
V'là c' que c'est que d'avoir d' l'esprit.

N' PLANCHEZ PAS LES AMIS.

Chanson trouvée dans les copeaux de maître VARLOPPE, menuisier, rue de la Colle.

AIR : *Ton humeur est, Catherine.*

Ici bas, chacun s' balotte,
S'égratigne à qui mieux mieux ;
L'un contr' l'autre, on s'asticote,
Comment peut-on zêtre heureux ?
Moi, pour les plaisirs je penche,
D' tout, dans c' bas monde, je ris ;
Rabot-z-en main, j' riffle un' planche,
Zet n' planche pas les amis.

J' tât'rais ben du mariage,
Mais queuqu' chos' me déplaîrait :
J' craindrais trop qu' mon *Allumage*
N' me r'lançât-z-au cabaret.
Ma soif, zà gogo j' l'étanche,
J' lamp' tout l' jour, et quand j' sis gris,
Je fais mon lit d'une planche,
Zet n' planche pas les amis.

L'aut' jour, zà la p'tit' Fanchette,
J' voulus chiper z'un baiser ;

J' l'y dis d'puis long-temps j'vous guette,
Ainsi n' faut pas m' refuser.
« J' crois que vot' maillet s' démanche,
» M' répond-ell' z'en j'tant des cris ,
» Voisin , rabottez vot' planche ,
» Zet n'planchez pas les amis. »

Lors , j' file à la comédie :
J' vois les actrices, les acteurs ,
Qui riaient de compagnie ,
Au nez d' tous les spectateurs.
V'là que j' retrousse mes manches ;
Que j' siffle, et qu' je m' suis permis
D' leux dire : Vous êt's sur vos planches ,
Mais n' planchez pas les amis.

Z'on m'emmène au corps-de-garde ,
Coucher jusqu'au lendemain ;
V'là comme il faut prendre garde
D' chiffonner le genre humain.
Aussi , les autres dimanches ,
De n' plus siffler , j' me promis ;
J' vois ben qu'au sujet d' ces planches ,
N' faut pas plancher les amis.

Queuqu' jours après , j' tombe malade ,
V'là qu'un maudit carabin

Voulut me fair' la parade
D' m'empêcher d' *soifer* du vin.
Mes manièr's sont brusques, franches ;
Aussi, bravement, j' li dis :
Mettez-moi zentr' quatre planches,
Zet n' planchez pas les amis.

Z'avec mon rabot, ma scie ;
Que j' gagn' pour vider flacon ;
De tout l' reste j' me soucie
Comme de Colin-Tampon.
Par la faulx, qui tous nous tranche ;
Quand mes jours s' verront finis,
J' pourrai dir' du fond de ma planche :
J' n'ai pas planché les amis.

LA GUERRE.

CHANSON A BOIRE ET A MANGER.

AIR : *Que le sultan Saladin.*

DEVANT les murs d'Ilion,
Plus furieux qu'un lion,
Achille, dans sa colère,
Réduisait tout en poussière,

Et criait aux Mirmidons :
Tuons, tuons....
Et surtout rien n'épargnons.
Moi, je suis un bon militaire,
J'aime la guerre.

A table, imitons l'ardeur
De ce roi, toujours vainqueur.
Pour commencer la bataille,
Perçons d'abord la muraille
Du pâté que nous voyons...
Perçons, forçons...
Et les débris dévorons.
Moi, je suis un bon militaire,
J'aime la guerre.

J'aperçois les ennemis;
Ils ne sont pas réunis :
Profitons de leur faiblesse,
Par des coups de hardiesse,
Notre valeur signalons.
Battons, taillons...
Ces canards et ces pigeons.
Moi, je suis un bon militaire,
J'aime la guerre.

Emparons-nous des flacons;
Que couteaux, tire-bouchons,

Servent à notre défense ;
A la moindre résistance,
A nos armes recourons.
Coupons, pillons...
Ces poulets et ces chapons.
Moi, je suis un bon militaire,
J'aime la guerre.

Mais la victoire est à nous,
Nous pouvons cesser nos coups;
Par quelque piquant breuvage
Ranimons notre courage;
De nos succès jouissons,
Prenons, prenons...
Vins et café qui soient bons.
Moi, je suis un bon militaire,
J'aime la guerre.

IL EST TEMPS.

CHANSONNETTE.

AIR: *J'ai des vapeurs, quand un amant soupire.*

(Simonet consulte son ami Laroquille, sur le projet qu'il a de marier sa fille.)

Qu'en penses-tu? Marthe est grande et gentille,
Et son corset
Tient tout ce qu'il promet.
D'un air leste et coquet,
Elle trotte et frétille;
On voit dans son œil bleu,
Briller un certain feu....
J' crois qu'il est temps de marier ma fille.

Lundi dernier, à travers la charmille,
Elle observait
Son pigeon qui suivait
L'instinct qui le guidait....
Moi, j'étais à la grille.
Bientôt, Marthe pleura,
Puis, elle... soupira....
J' crois qu'il est temps de marier ma fille.

Elle croyait que dans une coquille,
Ou sous des choux,
Les enfants venaient tous;
Mais, je tiens (entre nous)
De la mère Babille,
Que l'indiscret pigeon
A démontré que non...
J' crois qu'il est temps de marier ma fille.

Des amoureux, depuis qu'il en fourmille,
Dans mon enfant,
Hélas! quel changement!
Son teint devient charmant
A l'aspect d'un bon drille;
J'ai parlé d'un mari,
La friponne a souri....
J' crois qu'il est temps de marier ma fille.

» Distinguez-vous (disait-on à Camille)
» Le masculin
» D'avec le féminin?»
On l'interroge en vain;
Marthe est là qui pétille....
Et tout bas elle dit:
Mon Dieu! le pauvre esprit.
J' crois qu'il est temps de marier ma fille.

Parle à ton tour, mon brave Laroquille.
— Cher Simonet ;
Je vais m'expliquer net.
Quand le plus fort est fait,
De quoi sert qu'on tortille ?
Marthe et mon gros Mathieu
Ont joué de *franc jeu.*
J' crois qu'il est temps de marier ta fille.

QUINZE ANS D'ABSENCE,

OU

LE PROVINCIAL DE RETOUR A PARIS.

AIR : *A ma Margot.*

REFRAIN :

D'puis quinze ans qu' j'en ai pris congé,
A Paris, comm' tout est changé !

Pour revoir cett' grand' ville de France,
V'là qu'en prenant la diligence,
J' reconnais, dans le conducteur,
Des boul'vards un ancien acteur !
Ah ! mon Dieu ! (*b.*) mon Dieu ! qu' c'est donc drôle !
Quel changement d' rôle !
Depuis quinze ans, etc.

En arrivant à la barrière,
L' commis qui m'ouvre la portière,
Pour voir si j' suis sujet au droit,
Avec moi, jadis fit son droit.
Ah! mon Dieu! etc.

Dans un bureau de loterie,
J' veux trouver mon hôtellerie.
La contrôleuse, qui n' manque pas d' nerf,
M' dit qu' son homm' remplace l' grand cerf
Ah! mon Dieu! etc.

L' mari d' mon ancienn' boulangère,
En dépit de sa ménagère,
Las d' vendre d' la r'coupe et du son,
Vient d' se lancer dans la chanson!
Ah! mon Dieu! etc.

J' fais d'mander un' certaine actrice,
Pour qui j' fis plus d'un sacrifice;
Qu'est-c' que j'apprends, en m'inscrivant?
Elle est morte dans un couvent!
Ah! mon Dieu! etc.

Toi, que j' vis rouler en voiture,
Pourquoi donc c'te triste figure?
—N'ayant plus d' voiture à rouler,
Mon cher, je viens de m'enrôler.
Ah! mon Dieu! etc.

Et toi, dont l' jeu tournait la tête,
Pourquoi donc c'te parure honnête?
— J'ai mis un frein à mes passions,
J' fais des rôles d' contributions....
Ah! mon Dieu! etc.

Où j' crois voir mon apothicaire
Occupant l' devant et l' derrière;
C'est une modiste à présent,
Qui tient le derrière et l' devant!
Ah! mon Dieu! etc.

Moi, qui suis fou d' la bonn' musique,
J' vas un soir au Cirque Olympique;
J' vois un d' mes vieux ch'vaux rajeuni,
Jouant l' jeun' premier sous Franconi!
Ah! mon Dieu! etc.

Où j' fis autrefois la bouillotte,
J' monte, plus d' bouillotte; c'est Billotte:
Mais j'y trouve de bons enfans,
J' m' mets à table et j' jou' des dents!...
Ah! mon Dieu! (*b.*) mon Dieu! qu' c'est donc drôle,
Quel changement d' rôle!
D'puis quinze ans qu' j'en ai pris congé,
A Paris, comm' tout est changé!

FIN.

TABLE DES CHANSONS

CONTENUES DANS CE VOLUME.

Fin de la Table.

IMPRIMERIE DE RENAUDIÈRE.

www.ingramcontent.com/pod-product-compliance
Ingram Content Group UK Ltd.
Pitfield, Milton Keynes, MK11 3LW, UK
UKHW020340230726
13925UKWH00003B/883